Cette vie
auprès de toi
1
Shin Takahashi

SOMMAIRE

Épisode 1
Je suis venu pour
couper vos cheveux

JE M'APPELLE RIKU.

JE SUIS VENU POUR
COUPER VOS CHEVEUX.
RAVI DE FAIRE VOTRE
CONNAISSANCE.

FAIS-LEUR PLUTÔT CROIRE QUE TU ES LÀ POUR ADMIRER LES ÉTOILES !
VOILÀ COMMENT RYOTA M'A CONSEILLÉ DE ME PRÉSENTER, UNE FOIS ARRIVÉ SUR PLACE. BIEN SÛR, JE N'AI PAS VOULU SUIVRE SA PLAISANTERIE ET JE ME SUIS CONTENTÉ DE MON INTRODUCTION, MAIS...
AOW
AOW
AOW
MALHEUREUSEMENT...

CELA N'A PAS EMPÊCHÉ Mlle SATOMI, L'EMPLOYÉE DE MAIRIE EN CHARGE DES QUESTIONS LIÉES AU LOGEMENT SUR L'ÎLE DE HARUTA, D'OUVRIR DE GRANDS YEUX RONDS POUR M'OBSERVER…
BIENVENUE SUR L'ÎLE DE HARUTA, MONSIEUR HARUTA !
ÎLE DE HARUTA
DE VILLE
TIP TAP
TIP TAP
CLANG
CRII
JE VOUS EN PRIE.
ELLE A TOUT DE MÊME FINI PAR REGAGNER TRANQUIL-LEMENT SA VOITURE POUR NOUS OUVRIR LA PORTE.
EST-CE QUE TOUT LE MONDE EST AUSSI DÉTENDU SUR CETTE ÎLE ?

POURQUOI M'A-T-ELLE REGARDÉ COMME ÇA ?
JE ME SUIS POURTANT PRÉSENTÉ DE FAÇON SÉRIEUSE, SANS SORTIR LA BLAGUE DE RYOTA...
MERCI BEAUCOUP.
ENVENUE SUR L'ÎLE DE HARUTA
HARUTA
C'EST QUOI CETTE TÊTE ?
MAIS BON, CET AIR SURPRIS EST PEUT-ÊTRE NATUREL CHEZ ELLE, APRÈS TOUT...
ZIEUTE
?
NOUS Y VOILÀ ENFIN !

MON FILS, ISSEI...
ET MOI, RIKU...
NOUS SOMMES VENUS NOUS INSTALLER SUR CETTE ÎLE.

MONSIEUR HARUTA ? LORSQUE VOUS ÉTIEZ À TOKYO, VOUS TRAVAILLIEZ BIEN DANS UN SALON DE COIFFURE, N'EST-CE PAS ?
WOOOSH
VROUM
MALHEUREUSEMENT, ÇA NE VA PAS ÊTRE FACILE POUR VOUS DE CONTINUER À EXERCER VOTRE MÉTIER SUR NOTRE ÎLE, JE LE CRAINS...
JE M'EN DOUTAIS UN PEU ! LA POPULATION EST PLUTÔT ÂGÉE, ICI...
VROUM
BIEN PLUS QUE JE NE ME L'ÉTAIS IMAGINÉ.
VROUM
ÎLE DE HARUTA - PROPRIÉTÉ DE LA VILLE

OH !
C'EST VRAI ! NOUS NE SOMMES PLUS À TOKYO, DÉSORMAIS.
BON ! JE DOIS TOUT FAIRE POUR QU'ISSEI SE RASSURE.
TOUT VA BIEN.

ÉCOUTE-MOI BIEN ! JE SAVAIS QU'IL Y AURAIT QUELQUES DIFFICULTÉS, MAIS JE SUIS UN COIFFEUR PROFESSIONNEL, ALORS TOUT IRA BIEN.
QU'EST-CE QU'IL FAIT AVEC SES DOIGTS ? LE SIGNE DES CISEAUX ?
"TANT QUE TES MAINS TRAVAILLERONT, TU AURAS DE QUOI MANGER" ! C'EST CE QUE TA GRAND-MÈRE M'A APPRIS.
TCHING
ALORS...
S'IL TE PLAÎT, ISSEI ! ESSAIE DE PROFITER DE LA VIE SANS TROP TE FAIRE DE SOUCI, D'ACCORD ?

きち
CLIC
CES DEUX-LÀ…
ILS M'ANGOISSENT VRAIMENT !
C'EST QUAND MÊME CURIEUX D'ARRACHER SON FILS À SON ANCIENNE ÉCOLE POUR LE FAIRE VENIR SUR UNE ÎLE ISOLÉE.
JE SENS QUE CE DOSSIER VA ÊTRE COMPLIQUÉ À GÉRER…
ON M'AVAIT DIT QUE L'ENFANT NE PARLAIT PAS BEAUCOUP, MAIS ÇA NE ME DÉRANGE PAS. NON, LE PLUS GÊNANT, C'EST…
ÇA ! COMMENT UN PÈRE PEUT-IL CHOISIR D'AVOIR UNE TELLE COUPE DE CHEVEUX ?!
JE NE SAIS MÊME PAS SI C'EST RECHERCHÉ OU SI C'EST JUSTE DE LA NÉGLIGENCE !

MINCE ! C'EST VRAI QUE ÇA FAIT TROIS ANS QUE JE SUIS SUR CETTE ÎLE POUR LE TRAVAIL. JE NE SAIS PLUS VRAIMENT CE QUI EST À LA MODE ACTUELLEMENT, EN CE QUI CONCERNE LA COIFFURE !
IMAGINATION...
109
HA HA
PEUT-ÊTRE BIEN QUE C'EST NORMAL POUR UN PÈRE D'ÊTRE COIFFÉ COMME ÇA À TOKYO, APRÈS TOUT. OU PEUT-ÊTRE PAS.
AH ! SI SEULEMENT JE POUVAIS LUI DEMANDER ! MAIS JE N'OSE PAS...
À QUELLE HEURE SERAIT-IL PRÉFÉRABLE POUR NOUS DE REJOINDRE L'ÉCOLE, AFIN DE RENCONTRER LE PERSONNEL ENSEIGNANT ?
MONSIEUR HARUTA !
EXCUSEZ-MOI !
CRiii
POUR ÊTRE HONNÊTE, JE NE PENSE PAS QUE VOUS AUREZ LE TEMPS DE FAIRE CELA AUJOURD'HUI...

WHOOSH
ÎLE DE HAKUTA - PROPRIÉTÉ DE LA VILLE

WOUUUH
WOUUUH
JE RÊVE OU BIEN...
ON DIRAIT QUE CETTE MAISON PENCHE UN PEU...
NON, VOUS NE RÊVEZ PAS !
GLOUPS
JE SUIS VRAIMENT DÉSOLÉE ! LA MAIRIE N'A PAS ASSEZ D'ARGENT POUR FAIRE DES TRAVAUX EN CE MOMENT... À VRAI DIRE, J'AURAIS AIMÉ AVOIR UN PEU PLUS DE TEMPS POUR PRÉPARER L'HABITATION, MAIS VOUS ÉTIEZ SI PRESSÉ D'EMMÉNAGER QUE... VOILÀ ! SI VOUS RECHERCHIEZ UNE MAISON ORDINAIRE, J'AURAIS PU VOUS PROPOSER QUELQUE CHOSE DE MIEUX, MAIS COMME IL VOUS FALLAIT UN ENDROIT OÙ INSTALLER VOTRE SALON DE COIFFURE, JE N'AVAIS PLUS QUE CETTE OPTION À VOUS SOUMETTRE !
PING

MAIS BON ! IL FAIT JOUR TRÈS LONGTEMPS SUR NOTRE ÎLE.
ENCORE HUIT HEURES AVANT LE COUCHER DU SOLEIL !
BAM
BON COURAGE !
UN PETIT CADEAU DE BIENVENUE POUR VOTRE EMMÉNAGEMENT !
AH !
IL FAUDRA ME RENDRE TOUT ÇA, S'IL VOUS PLAÎT !
D'ACCORD...
NON... ÇA NE VA PAS ! ISSEI NE DOIT SURTOUT PAS S'INQUIÉTER !
...
?
QU'EST-CE QU'ILS PEUVENT BIEN OBSERVER À CET ENDROIT ?

TADAM
OH ! UN SERGENT !
"SERGENT" ?
Mlle SATOMI CONNAÎTRAIT-ELLE QUELQU'UN DANS L'ARMÉE ?
MAIS ICI, DEVANT NOUS, IL N'Y A RIEN D'AUTRE QU'UN INSECTE. D'ACCORD, DISONS PLUTÔT UNE ARAIGNÉE... AUSSI GROSSE QUE MA MAIN !
CE PETIT TRÉSOR MANGE LES CAFARDS, ALORS C'EST VRAIMENT UNE CHANCE DE L'AVOIR CHEZ VOUS !
ON L'APPELLE AUSSI "SERGENT AUX LONGUES PATTES" !
EST-CE QUE ÇA VEUT DIRE QU'IL Y A AUSSI DES CAFARDS DANS CETTE MAISON ?
CRR

POF
MES RESPECTS, MON SERGENT !
JE M'APPELLE RIKU HARUTA ET VOICI MON FILS ISSEI. À PARTIR D'AUJOURD'HUI, NOUS ALLONS VIVRE DANS CETTE MAISON !
LE "SERGENT" EST ICI.
APPROCHE, ISSEI ! VIENS SALUER LE SERGENT À TON TOUR.
ZIEUTE
NOUS COMPTONS SUR VOTRE AIDE, MON SERGENT !
POC

* N.D.T. : DANS L'ARCHIPEL D'OKINAWA, LES UTAKI, GÉNÉRALEMENT SITUÉS À LA PÉRIPHÉRIE DES VILLAGES, SONT DES ENDROITS SACRÉS OÙ L'ON VÉNÈRE LES DIEUX ET LES ANCÊTRES.

IL EST IMPORTANT DE SALUER LES DÉFUNTS.
Mlle SATOMI SEMBLAIT TRÈS SÉRIEUSE EN NOUS SORTANT CES MOTS ÉNIGMATIQUES. JE VOUDRAIS BIEN LUI FAIRE PLAISIR, MAIS...
C'EST PARTI !
JE DOIS D'ABORD FAIRE LE MÉNAGE !
JE NE VOUDRAIS PAS ÊTRE OBLIGÉ DE FAIRE DORMIR ISSEI DEHORS CETTE NUIT...
GRAB
SA MAIN... ELLE EST TOUTE MOITE !
EST-CE QUE...
IL AURAIT PEUR DE CET ENDROIT INCONNU ?

ALLONS BON...
JE NE L'AURAIS JAMAIS SU, SI JE NE LUI AVAIS PAS TENU LA MAIN !
ÉCOUTE, ISSEI.
D'ABORD, IL FAUDRA NETTOYER CETTE MAISON AFIN QU'ON PUISSE Y DORMIR CE SOIR.
ON VA DEVOIR TRAVAILLER ENSEMBLE, D'ACCORD ?
ET PUIS DEMAIN, NOUS IRONS PRÉSENTER NOS RESPECTS AUX MORTS.
VOILÀ NOS MISSIONS POUR AUJOURD'HUI ET DEMAIN !
C'EST PARTI !

À PARTIR DE MAINTENANT, CETTE MAISON EST LA NÔTRE...
À TOUS LES DEUX !
VAS-Y ENTRE, ISSEI !

IL A L'AIR UN PEU PLUS SÛR DE LUI, MAINTENANT...
BRR BRR BRR
LE VOIR PRENDRE PROGRESSIVEMENT SES MARQUES FACE À UN NOUVEL ENVIRONNEMENT, C'EST VRAIMENT...

CRR
CRR
CRR
CRR
CRR
CRR
CRR
CRR
EUH...
HA, HA ! CE SONT SÛREMENT NOS AMIS LES SERGENTS !
BRR
BRR
CHAIR DE POULE...
ISSEI, NE TE SOUCIE PAS DES PERSONNES QUI ONT PU VIVRE ICI AVANT NOUS.
C'EST TOI LE MAÎTRE DES LIEUX, DÉSORMAIS !
CERTAINS ESPRITS SONT RESTÉS DE LEUR PLEIN GRÉ, AFIN DE PROTÉGER CETTE MAISON, PENDANT QU'ELLE ÉTAIT INHABITÉE.
ILS ONT MONTÉ LA GARDE BÉNÉVOLEMENT, MAIS C'EST TERMINÉ.

JE M'APPELLE RIKU HARUTA ET VOICI MON FILS, ISSEI. À PARTIR D'AUJOURD'HUI, C'EST NOUS QUI ALLONS VIVRE ICI.
MERCI BEAUCOUP D'AVOIR PRIS SOIN DE CET ENDROIT JUSQU'À PRÉSENT ! VOUS POUVEZ RENTRER CHEZ VOUS, MAINTENANT !
ILS SE CACHENT DANS LE NOIR, COMME DANS *TOTORO*...
NE T'EN FAIS PAS, ILS NE TE FERONT AUCUN MAL. MLLE SATOMI LES A FORCÉMENT PRÉVENUS DE NOTRE ARRIVÉE ET ILS ÉTAIENT SÛREMENT EN TRAIN DE SE PRÉPARER À PARTIR !
ENFIN, DU MOINS, JE L'ESPÈRE... CROISONS LES DOIGTS POUR QU'ILS S'EN AILLENT !
ET LES SERGENTS AUSSI, SI POSSIBLE...
BON !
ET SI NOUS OUVRIONS CETTE FENÊTRE, POUR COMMENCER ? ON VA AÉRER UN PEU CETTE MAISON POUR LA FAIRE REVIVRE !
IL FAUT QUE CET ENDROIT RESPIRE POUR ÊTRE HABITABLE.
CLANG
MAIS... ÇA NE S'OUVRE PAS !
CRAC
CRAC
CRAC
CELLE-LÀ NON PLUS !
C'EST LA FAUTE DE TOTORO !
BAM

WOOOOSH
OUAH ! LE SOLEIL COGNE VRAIMENT FORT, AUJOURD'HUI !
HEUREUSEMENT QU'IL Y A CETTE PETITE BRISE HUMIDE, VENANT DU SUD, POUR NOUS RAFRAÎCHIR !
ÇA ME DONNE ENVIE...
DE PRENDRE UN BON BOL D'AIR PUR !

TOI AUSSI, TU SEMBLES APPRÉCIER CE VENT FRAIS.
ÇA ME FAIT PLAISIR !

BON ! NOUS VOILÀ PRÊTS À RELEVER N'IMPORTE QUEL DÉFI !
SECTION CHARGÉE DE LA DYNAMISATION DU DÉPARTEMENT
ALORS ? ÇA S'EST BIEN PASSÉ AVEC M. HARUTA ?
AH !
HUMPF
EUH...
BIEN SÛR !
J'AI FAIT MON TRAVAIL, MONSIEUR ! JE LES AI AMENÉS, SON FILS ET LUI, JUSQU'À LA MAISON !
ÇA N'A PAS DÛ ÊTRE ÉVIDENT POUR EUX ! ELLE ÉTAIT SÛREMENT DANS UN ÉTAT DÉPLORABLE...
IL FALLAIT S'Y ATTENDRE ! APRÈS TOUT, ÇA FAISAIT BIEN CINQ ANS QUE PLUS PERSONNE N'Y VIVAIT.
QU'EST-CE QUE TU RACONTES ?! CETTE DEMEURE EST ABANDONNÉE DEPUIS PLUS DE DIX ANS ! JE N'OSE MÊME PAS IMAGINER À QUEL POINT ELLE EST DÉLABRÉE !
DIX ANS ?!
ÇA CRAINT...
TU LES AS INSTALLÉS LÀ-BAS SANS MÊME LE SAVOIR ?!
DIS-MOI AU MOINS QUE TU AS VÉRIFIÉ QU'ELLE ÉTAIT ENCORE SALUBRE !
EUH... OUI, BIEN SÛR.

JE L'ESPÈRE ! IL FAIT TOUJOURS CHAUD ET HUMIDE SUR NOTRE ÎLE ET LES TYPHONS SONT FRÉQUENTS.
LES HABITATIONS EN SOUFFRENT BEAUCOUP, SURTOUT CELLES QUI SONT ABAN-DONNÉES...
IL Y A SOUVENT D'IMPORTANTS DÉGÂTS !
DIX ANS... OH, MON DIEU !
ET CE PÈRE SI PRESSÉ D'EMMÉNAGER SUR NOTRE ÎLE... QUE FAISAIT-IL À TOKYO, DÉJÀ ? IL ÉTAIT BARBIER, NON ?
COIF-FEUR...
ABANDONNER SA SITUATION POUR VENIR ICI, S'ISOLER AVEC SON FILS...
HAA... J'IMAGINE QUE CE DOSSIER N'A PAS DÛ ÊTRE ÉVIDENT À GÉRER !
NON, EN EFFET... JE NE PEUX PAS DIRE QUE ÇA A ÉTÉ FACILE !
ESPÉRONS QU'ILS TIENNENT AU MOINS SIX MOIS !
BIEN ! À PRÉSENT, ON VA PASSER LE CHIFFON !
IL FAUT QU'AVANT LA TOMBÉE DE LA NUIT, LE SOL SOIT PROPRE ET QU'ON PUISSE UTILISER LA SALLE DE BAIN !

OUI, TRÈS BIEN ! IL FAUDRA FAIRE LES TOILETTES, AUSSI...
PARFAIT ! NOUS ALLONS POUVOIR SALUER NOTRE PREMIER VOISIN !
BONJOUR ! JE M'APPELLE RIKU ET JE VIENS D'EMMÉNAGER SUR CETTE ÎLE AVEC MON FILS !
BAM
POURQUOI IL ME FIXE COMME ÇA ?!
ON DIRAIT QU'IL A PEUR...
JE ME DEMANDE BIEN POURQUOI IL A L'AIR AUSSI SOUPÇONNEUX.
FIUT
HAA...

ZIEUTE
EUH...
IL DEVAIT AVOIR QUELQUE CHOSE D'IMPORTANT À FAIRE.
IL EST SÛREMENT TRÈS CONCENTRÉ DANS SON TRAVAIL, UN PEU COMME TON PAPA.
CLOSED
ENFIN, DISONS PLUTÔT QUE...
RYOTA...
AUJOURD'HUI, SUR MES DIX CLIENTS, IL Y EN A SIX QUI N'ONT MÊME PAS PRIS LA PEINE DE ME RÉPONDRE LORSQUE JE LEUR PARLAIS.
RIEN ! PAS LA MOINDRE PETITE PHRASE POUR ALIMENTER LA CONVERSATION.
J'ESPÈRE QUE JE NE TE CAUSE PAS DE SOUCI, AU SALON. SI JAMAIS TU AVAIS LE MOINDRE PROBLÈME AVEC MA FAÇON DE TRAVAILLER, TU ME LE DIRAIS TOUT DE SUITE, N'EST-CE PAS ?
LE BALAI !
ET PAF...
TU SAIS, PEUT-ÊTRE QUE CES PERSONNES N'ONT TOUT SIMPLEMENT PAS LE TEMPS DE NOUER DE NOUVELLES RELATIONS.
ILS SONT BIEN TROP OCCUPÉS DANS LEUR TÊTE, POUR PENSER À CELA.
OCCUPÉS... DANS LEUR TÊTE ?

JE VOIS ! IL ME PARLE D'INTIMITÉ. UNE PERSONNE PEUT AVOIR L'AIR DISPONIBLE POUR DISCUTER EN APPARENCE, SANS L'ÊTRE VRAIMENT.
DU COUP, ÇA LA DÉRANGERA SÛREMENT D'AVOIR À RÉPONDRE À QUELQU'UN POUR LA POLITESSE.
MA FOI...
POUR MA PART, JE N'AI JAMAIS EU CE GENRE DE RÉACTION. PEU IMPORTE QUE MON ESPRIT SOIT OCCUPÉ, JE RÉPONDS TOUJOURS QUAND ON ME PARLE.
C'EST ÇA. TES CLIENTS NE DEVAIENT PAS AVOIR LA TÊTE À BAVARDER...
OCCUPÉS PAR LEURS PROPRES SOUCIS.

C'EST-QUOI ÇA, LÀ-BAS ? UN JOUET ?
BRR
DÉSOLÉ DE NE PAS T'ACCORDER PLUS D'ATTENTION...
CETTE MAISON...
ON VA TRAVAILLER SUR...
JOUR APRÈS JOUR...
JE NE SAIS PAS COMMENT ON VA FAIRE, MAIS...
IL Y A QUELQUE CHOSE ICI.
JUSQU'À CE QU'ELLE SOIT PARFAITE POUR NOUS.
ALORS, NE T'EN FAIS PAS, ISSEI !
QU'EST-CE QUE TU AS ?
TIENS ! POURQUOI IL S'EST FIGÉ ?

OUAH !
AH ! BEN VOILÀ AUTRE CHOSE !
BONJOUR MONSIEUR LE GECKO !
IL ES LÀ POUR PROTÉGER NOTRE MAISON. BRAVE PETIT...
ISSEI EST DE PLUS EN PLUS AUTONOME ...
が ちゃ
CLANG
とことこ
TAP TAP
OH ! J'AVAIS OUBLIÉ QU'IL Y AVAIT UNE AUTRE PIÈCE AU FOND DU COULOIR.
HEIN ?
DE LA LUMIÈRE ?!

JE RÊVE !
C'EST IMPOSSIBLE DE VIVRE DANS UN ENDROIT PAREIL ! JE VAIS DEVOIR ME PLAINDRE, NON ?
BOBOUM
BOBOUM
BOBOUM
BOBOUM
BON !
C'EST DÉCIDÉ !
FAISONS DE CETTE PIÈCE LA CHAMBRE IDÉALE !

VROUM
NON, JE NE M'INQUIÈTE PAS DU TOUT POUR EUX...
J'AI JUSTE ENVIE DE PASSER LES VOIR, C'EST TOUT !
ET VOILÀ, C'EST PRÊT !
BLOUP
BON APPÉTIT !
POF
OH, MON DIEU ! IL Y A MÊME UN TROU AU PLAFOND...
BOBOUM
MAIS... C'EST ÉTRANGE !
SCRUTE.
PFIOU

ILS ONT L'AIR JOYEUX ET ILS RIENT COMME SI ÇA NE LES DÉRANGEAIT PAS…
WOOOSH
ISSEI ! COMMENT ÇA AVANCE, LE MÉNAGE ?
TU NETTOIES BIEN TOUS LES ANGLES, COMME JE TE L'AI MONTRÉ, HEIN ? MÊME LÀ OÙ ON NE VOIT PAS, D'ACCORD ?
TIENS ! REGARDE UN PEU ICI ! MÊME SI ON NE LAISSE QU'UN TOUT PETIT RECOIN SALE, C'EST COMME SI ON N'AVAIT RIEN NETTOYÉ DU TOUT, TU COMPRENDS ?
C'EST COMME ÇA QU'IL FAUT TRAVAILLER !
MON PÈRE ME L'A SOUVENT RÉPÉTÉ, LORSQUE J'ÉTAIS PETIT…
ET MAINTENANT, C'EST À MON TOUR DE FAIRE LA LEÇON À MON FILS !

EST-CE QUE J'AI, MOI AUSSI, REGARDÉ MON PÈRE DROIT DANS LES YEUX, CE JOUR-LÀ ?
JE N'ARRIVE PAS À M'EN SOUVENIR...
TRÈS BIEN.
C'EST PAPA QUI VA TRAVAILLER, MAINTENANT.
?
POF

ASSIEDS-TOI...
ET TIENS ÇA.
WOOOSH
WOOOSH
WOOOSH
WOOOSH

JE VOUS EN PRIE, MONSIEUR !
VOUS ÊTES MON PREMIER CLIENT.

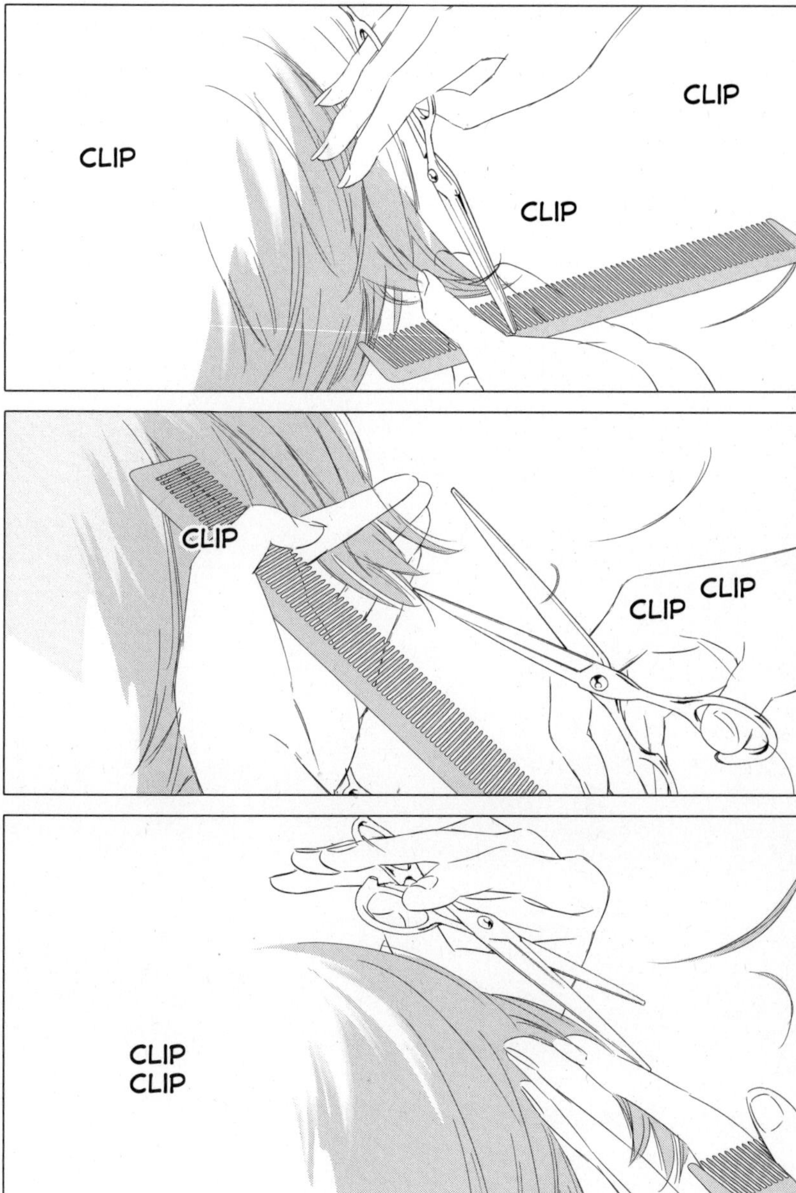
CLIP
CLIP
CLIP
CLIP
CLIP
CLIP
CLIP
CLIP

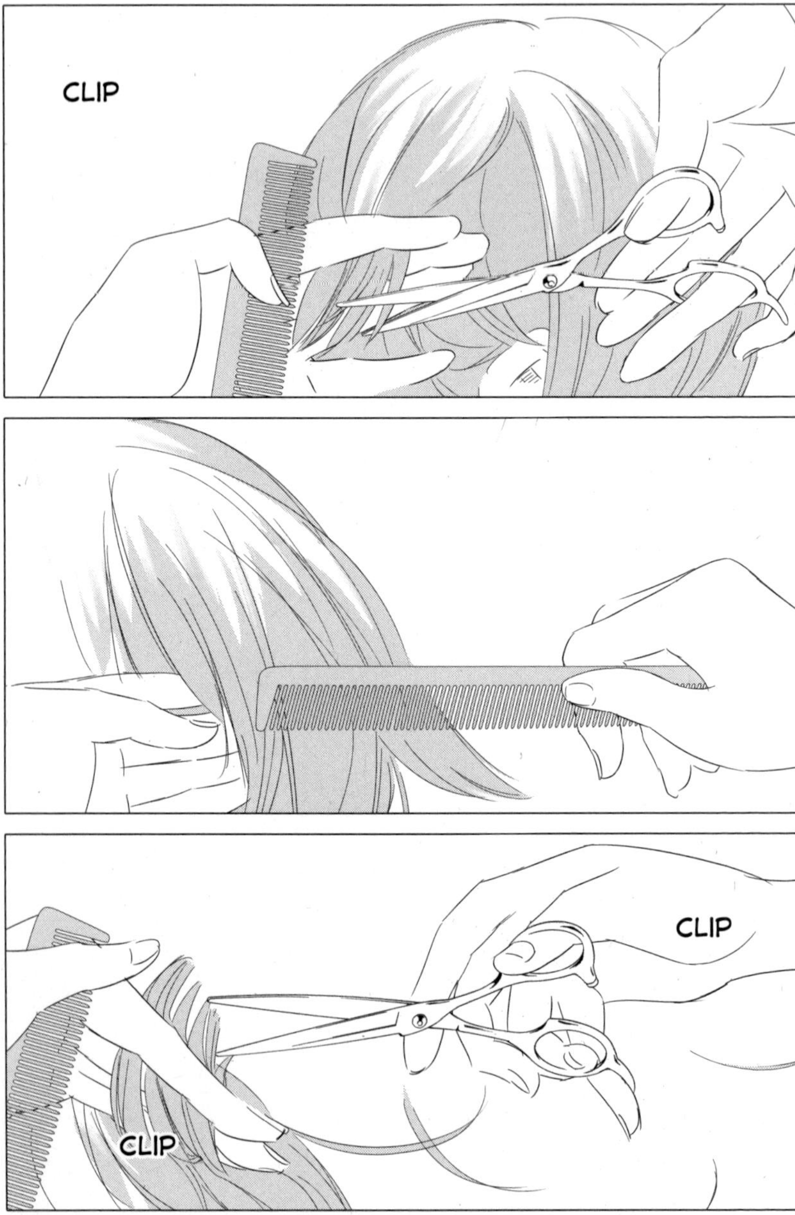
CLIP
CLIP
CLIP

CLIP

CES QUELQUES MÈCHES REFLÈTENT L'ÉCLAT DORÉ DU SOLEIL...
AVANT D'ALLER SE PERDRE AU FOND DE L'OCÉAN...
COMME SI ELLES REPARTAIENT D'OÙ ELLES VENAIENT.
EST-CE QUE TES CHEVEUX...
RESSEMBLENT AUX MIENS ? À VRAI DIRE, JE N'AI JAMAIS COUPÉ MES PROPRES CHEVEUX, ALORS...
HAA... COMMENT POURRAIS-JE LE SAVOIR ?
ET BIEN, VOILÀ ! SI JE SUIS VENU ICI...

C'EST POUR POUVOIR TE COUPER LES CHEVEUX.
URI
URI
CRI
SPLASH
CRI
NON MAIS, C'EST INCROYABLE !

JE NE M'ÉTAIS MÊME PAS APERÇU QU'IL N'Y AVAIT PAS D'ÉLECTRICITÉ DANS CETTE BARAQUE.
SÛREMENT PARCE QU'IL FAIT JOUR ASSEZ TARD SUR L'ÎLE, COMME NOUS L'A EXPLIQUÉ MLLE SATOMI...
QUEL CIRQUE ! DIRE QU'IL A FALLU QUE LA COMPAGNIE D'ÉLECTRICITÉ ME CONTACTE POUR QUE JE RÉALISE...
PARDON, ISSEI. J'AURAIS DÛ M'EN RENDRE COMPTE PLUS TÔT.
HEUREUSEMENT QU'ON N'EN A PAS BESOIN POUR UTILISER LA BAIGNOIRE À L'ANCIENNE !
J'AI QUAND MÊME MIS UNE HEURE À CHERCHER LE MODE D'EMPLOI SUR MON TÉLÉPHONE...
ZIEUTE
DES COUPES DE CHEVEUX DIFFÉRENTES !
MAINTENANT QUE J'Y PENSE, C'EST LA PREMIÈRE FOIS QU'ON PREND UN BAIN ENSEMBLE...
SUR CETTE ÎLE, IL FAIT UN NOIR D'ENCRE DÈS LA TOMBÉE DE LA NUIT, COMME SI L'ON VENAIT DE PLONGER DANS LES TÉNÈBRES.
MOI QUI CRAINS AUSSI BIEN LES INSECTES QUE L'OBSCURITÉ, JE DOIS AVOUER QUE JE NE SUIS PAS TOUT À FAIT TRANQUILLE...
JE SAIS QU'APRÈS LE BAIN, IL SERA ENCORE TÔT, MAIS...
COMME NOUS N'AVONS PAS LA TÉLÉ, NI RIEN D'AUTRE À FAIRE, JE TE PROPOSE DE NOUS COUCHER DE BONNE HEURE. QU'EN DIS-TU ?

EN FAIT, J'AVAIS DÉJÀ PRIS CETTE RÉSOLUTION AU MOMENT DE QUITTER TOKYO.

JE FERAI EN SORTE QUE TU N'AIES AUCUN SOUCI ICI.

SI L'UNIVERS POUVAIT M'ACCORDER JUSTE UN VŒU...

JE NE SOUHAITERAIS QUE TON BONHEUR !

TU N'AVAIS JAMAIS VÉCU EN DEHORS DE TOKYO, JUSQU'À AUJOURD'HUI...

TU NE CONNAIS PAS ENCORE CETTE ÎLE.

EST-CE QUE TU PARVIENDRAS À T'Y PLAIRE ?

TON PAPA, DEPUIS TOUT PETIT, A TOUJOURS FAIT EN SORTE DE POUVOIR SE DÉBROUILLER SEUL DANS LA VIE, EN TRAVAILLANT DUR !
AVANT TA NAISSANCE, JE NE VIVAIS QUE POUR MOI.
DU COUP...
JE NE SAVAIS PAS TROP CE QUE CELA SIGNIFIAIT D'AVOIR LA RESPONSABILITÉ D'UNE AUTRE PERSONNE ET J'AI PROBABLEMENT COMMIS BEAUCOUP D'ERREURS...
MAIS C'EST DÉCIDÉ !
TANT QU'ON SERA SUR CETTE ÎLE, JE CONTINUERAI À COUPER LES CHEVEUX DES GENS, RIEN QUE POUR TOI !
POC
TAC
TAC
TAC
TAC
UWAU...

ALLEZ, ISSEI ! REVIENS VITE, S'IL TE PLAÎT...
TON PAPA COMMENCE À AVOIR UN PETIT PEU LES CHOCOTTES...
ドキ BOBOUM
ドキ BOBOUM
PAPA !

JE VIENS DE RÉALISER QUE...
CE QUE JE SOUHAITE À TOUT PRIX PARTAGER AVEC MON FILS NE SE TROUVE PAS FORCÉMENT DANS "CETTE VILLE".
RIEN NE M'OBLIGE À M'EXPRIMER À VOIX HAUTE, OU BIEN ESSAYER DE FAIRE DE L'HUMOUR...
MAIS, POUR LA PREMIÈRE FOIS, J'ÉPROUVE LE BESOIN DE SORTIR TOUT CELA DE MON CORPS...
ET PARTAGER LES ÉMOTIONS QUE J'ÉPROUVE.
JE SOUHAITERAIS VRAIMENT POUVOIR LUI TRANSMETTRE LES SENTIMENTS QUI M'ENVAHISSENT...

PAPA !
CAR IL EST SI CHER À MON COEUR !

DIS-MOI...
TU M'AS BIEN DIT QUE LE FILS DE M. HARUTA AVAIT COMME UNE SORTE DE PROBLÈME, N'EST-CE PAS ?
CES ENFANTS QUI GRANDISSENT DANS LES GRANDES VILLES NE PARVIENNENT PLUS À DÉVELOPPER LEUR PROPRE PERSONNALITÉ...
BEAUCOUP D'ENTRE EUX VIVENT EN PORTANT CE POIDS SUR LEURS ÉPAULES, SANS S'EN APERCEVOIR !
MÊME SI LEUR CŒUR S'ÉPUISE À CAUSE DE CELA...
ILS NE S'EN RENDENT PAS COMPTE ET CONTINUENT DE FAIRE COMME SI TOUT ALLAIT BIEN.
MALGRÉ LA FATIGUE, ILS TROUVENT ENCORE LA FORCE DE SE MENTIR À EUX-MÊMES, C'EST INCROYABLE !
À MON AVIS...
LE SOUCI VIENDRAIT PLUTÔT DU CÔTÉ DU PÈRE.

COMMENT ? TU VEUX DORMIR ICI ?
BON ! C'EST VRAI QUE CETTE PIÈCE EST AGRÉABLE, MAIS...
TU VOIS BIEN QUE NOS AMIS LES SERGENTS N'ARRÊTENT PAS D'ENTRER ET DE SORTIR.
ILS NE FAUT SURTOUT PAS LES DÉRANGER DANS LEUR MISSION !
EN PLUS, SI TU SORS DU FUTON, TU RISQUES D'ATTRAPER UN RHUME.
C'EST DÉJÀ LA SAISON HUMIDE, TU SAIS ?
S'IL PLEUT, TON FUTON SERA TREMPÉ...
L'ENCENS ANTI-MOUSTIQUE EST DÉJÀ EN TRAIN DE BRÛLER...
ZZZ...
HEIN ?
J'AI COMPRIS... BONNE NUIT !
JE SUIS HEUREUX QUE TU SOIS AVEC MOI.

NOUS SOMMES SUR UNE ÎLE...
IL Y FAIT CHAUD.
MAIS SI NOS AFFAIRES PRENNENT L'HUMIDITÉ...
IL SUFFIT SIMPLEMENT DE LES ÉTENDRE AU SOLEIL LE LENDEMAIN...
POUR QUE TOUT SOIT SEC À NOUVEAU.
À SUIVRE

To revive in the tender island.

Épisode 2
Allons saluer les ancêtres

EH OUI...
ON EST
BIEN SUR
UNE ÎLE.
C'EST
AMUSANT...

IL DORT À POINGS FERMÉS ! TANT MIEUX...
JE POURRAIS LE REGARDER INDÉFINIMENT !
QUAND JE L'OBSERVE AINSI...

AUSSI PAISIBLEMENT ENDORMI... JE ME DIS QUE J'AI BIEN FAIT DE QUITTER TOKYO, AINSI QUE LE SALON DE COIFFURE DE RYOTA...
POUR VENIR COUPER LES CHEVEUX DES GENS SUR CETTE ÎLE !

Épisode 2
Allons saluer
les ancêtres

HUM...
J'AURAIS DÛ MIEUX ME SÉCHER LES CHEVEUX, HIER SOIR, AVANT D'ALLER ME COUCHER...

MAIS COMME IL N'Y A TOUJOURS PAS D'ÉLECTRICITÉ, JE NE PEUX PAS UTILISER MON APPAREIL.
HEUREUSEMENT, J'AI RÉUSSI MA COIFFURE AVEC DU GEL !
AOW
AOW
BON, IL FAUT QUE JE RAPPELLE LA COMPAGNIE D'ÉLECTRICITÉ !
UN INSTANT ! QUELLES ÉTAIENT LES MISSIONS POUR AUJOURD'HUI, DÉJÀ ? AH OUI ! D'ABORD, ALLER PRÉSENTER NOTRE RESPECT AUX ANCÊTRES ET DIVINITÉS DU COIN. ENSUITE, SALUER ET FAIRE CONNAISSANCE AVEC NOS VOISINS. ET ENFIN, RENCONTRER LE DIRECTEUR DE LA NOUVELLE ÉCOLE D'ISSEI. APRÈS, IL FAUDRA FAIRE QUELQUES COURSES, ACHETER DE QUOI CUISINER, AINSI QUE CERTAINS PRODUITS DE PREMIÈRE NÉCESSITÉ. AH ! IL NE FAUT PAS NON PLUS QUE J'OUBLIE D'OUVRIR LE SALON AUJOURD'HUI ! ON NE SAIT JAMAIS, UN CLIENT PEUT VENIR À N'IMPORTE QUEL MOMENT. HUMPF ! QUELLE JOURNÉE CHARGÉE...

UN JOUR S'EST ÉCOULÉ DEPUIS NOTRE ARRIVÉE SUR L'ÎLE...
EN VINGT-QUATRE HEURES, NOUS EN AVONS CONNU PAS MAL, DES PREMIÈRES EXPÉRIENCES, TOUS LES DEUX !
TU DOIS ÊTRE FATIGUÉ... NE FORCE PAS TROP, D'ACCORD ?
C'EST VRAI QUE LA JOURNÉE A ÉTÉ COMPLIQUÉE, MAIS...
MALGRÉ TOUT...
C'ÉTAIT FORMIDABLE, QUAND ISSEI M'A FAIT DÉCOUVRIR LA BEAUTÉ DE CETTE CHAMBRE À CIEL OUVERT !
UN VRAI MOMENT DE PUR BONHEUR.

MAIS QU'EST-CE QU'IL M'ARRIVE ?!
BAM
BAM
CE N'EST PAS LE MOMENT DE FONDRE DEVANT SA PETITE BOUILLE ADORABLE, QUAND IL DORT !
JE DOIS APPELER LA COMPAGNIE D'ÉLECTRICITÉ DÈS L'OUVERTURE ET SOUSCRIRE UN ABONNEMENT.
ET PUIS, IL FAUDRA QUE J'APPELLE MLLE SATOMI, LORSQU'ELLE SERA AU BUREAU, AFIN DE VOIR AVEC ELLE À PARTIR DE QUELLE HEURE NOUS POURRONS ALLER VISITER LA NOUVELLE ÉCOLE D'ISSEI.
ENSUITE, ON IRA RENDRE VISITE AUX ANCÊTRES ET...
IL EST IMPORTANT DE SALUER LES DÉFUNTS.
Ô, CHÈRES DIVINITÉS ! OÙ FAUT-IL DONC ALLER POUR VOUS PRIER, EXACTEMENT ?
BON !
QUI POURRAIT BIEN ME RENSEIGNER SUR CE SUJET ? J'AI TROUVÉ ! NOUS IRONS D'ABORD NOUS PRÉSENTER AUX VOISINS ET NOUS EN PROFITERONS POUR LEUR POSER LA QUESTION ! BIEN SÛR, IL FAUDRA QU'ISSEI M'ACCOMPAGNE POUR LES RENCONTRER... JE DEVRAIS PEUT-ÊTRE EN PROFITER POUR LEUR PARLER DE L'OUVERTURE DE MON SALON ?
TOURNE EN ROND TRÈS VITE !

C'EST INCROYABLE... JE POURRAIS PASSER LA JOURNÉE À LE REGARDER DORMIR...
MAIS IL NE FAUT PAS ! AUJOURD'HUI, J'AI VRAIMENT BEAUCOUP TROP DE CHOSES À RÉGLER !
JE DOIS D'ABORD PRÉPARER LE PETIT-DÉJEUNER D'ISSEI ET...
AH ZUT ! C'EST VRAI... ENTRE LE DÉJEUNER ET LE DÎNER D'HIER, NOUS AVONS PRATIQUEMENT ÉPUISÉ LES PROVISIONS QUE NOUS AVIONS APPORTÉES DE TOKYO...
IL NE NOUS RESTE PLUS QUE DES NOUILLES INSTANTANÉES, QUELQUES ONIGIRI ET DEUX OU TROIS AUTRES INGRÉDIENTS POUR NOUS NOURRIR...
EN FAIT, J'AVAIS L'INTENTION D'ACHETER DE QUOI MANGER HIER, MAIS...
RENDRE LA MAISON HABITABLE NOUS AURA PRIS TOUTE LA JOURNÉE, AU FINAL !
EN PLUS... J'AI OUBLIÉ DE DEMANDER À Mlle SATOMI L'ADRESSE DU COMMERCE LE PLUS PROCHE. QUEL IDIOT ! À QUELLE HEURE ELLE OUVRE, LA MAIRIE, DÉJÀ ?
DÉSOLÉ, ISSEI ! TON PAPA N'EST PAS TRÈS ORGANISÉ !

ISSEI...
JE TROUVE
QUE TU DORS
UN PEU TROP...
NON ?

MONSIEUR HARUTA ?
OKINAWA ELECTRICS
ÎLE DE HARUTA - COMPAGNIE D'ÉLECTRICITÉ
J'HALLUCINE ! IL Y A VRAIMENT QUELQU'UN QUI VIENT D'EMMÉNAGER DANS CETTE BARAQUE ?
ELLE NE DONNE PAS DU TOUT L'IMPRESSION D'ÊTRE HABITABLE...
ÇA FAIT COMBIEN D'ANNÉES QU'IL N'Y A PAS EU DE LOCATAIRE ICI, DÉJÀ ? ELLE TIENT ENCORE DEBOUT ?
OKINAWA ELECTRICS
ÎLE DE HARUTA - COMPAGNIE D'ÉLECTRICITÉ
D'HABITUDE, LORSQU'UN CLIENT EMMÉNAGE, ON LUI REBRANCHE SIMPLEMENT LE DISJONCTEUR, MAIS...
JE ME DEMANDE SI CELUI D'ICI FONCTIONNE ENCORE...
MONSIEUR HARUTA ?
HARUTA... IL PORTE LE MÊME NOM QUE NOTRE ÎLE ! JE ME DEMANDE SI ÇA S'ÉCRIT PAREIL...

HIIIN
GLOUPS
ALORS, VOILÀ ! IL Y AVAIT BIEN UN DÉFAUT AU NIVEAU DU DISJONCTEUR ! JE VOUS EN AI INSTALLÉ UN NOUVEAU.
UNE SIGNATURE ICI, S'IL VOUS PLAÎT !
ET VOICI VOTRE CONTRAT D'ABONNEMENT. SI VOUS POUVIEZ LE COMPLÉTER MAINTENANT, CE SERAIT SUPER ! APRÈS ÇA, JE NE VOUS DÉRANGE PLUS.
PUNAISE... SES CHEVEUX ! EST-CE QU'IL LES COIFFE DE CETTE FAÇON OU BIEN IL SE RÉVEILLE COMME ÇA ? IL EST UN PEU CHELOU, CE TYPE...
BOBOUM
BOBOUM
AU FAIT...
GLOUPS
AH ! EUH... OUI ?
JE NE CONNAIS PAS ENCORE MON ADRESSE. POUVEZ-VOUS ME RENSEIGNER ?
D'ACCORD ! C'EST UN ORIGINAL, EN FAIT !
EXCUSEZ-MOI...

NOUS SOMMES VENUS EXPRÈS DE TOKYO POUR COUPER LES CHEVEUX DES GENS D'ICI.
À PREMIÈRE VUE, ÇA NE SE VOIT PAS, MAIS NOUS SOMMES OUVERTS DEPUIS HIER !
C'EST OFFICIEL !
COMMENT ?! OUVERT DEPUIS HIER ?! NON... C'EST IMPOSSIBLE ! PAS AVEC UN BÂTIMENT DANS CET ÉTAT !
HIER, IL N'AVAIT MÊME PAS ENCORE L'ÉLECTRICITÉ...
DONC, VOUS ÊTES COIFFEUR ? ET VOUS ÊTES VENU SUR NOTRE ÎLE POUR CONTINUER VOTRE CARRIÈRE ? JE VOIS...
PAR CONTRE, C'EST QUOI CETTE COUPE ?
ZIEUTE
MAIS, VOUS SAVEZ, ÇA RISQUE D'ÊTRE COMPLIQUÉ DE TROUVER DES CLIENTES POUR VOTRE SALON, ICI.
À VRAI DIRE, JE M'ÉTAIS PRÉPARÉ À CETTE ÉVENTUALITÉ. C'EST POURQUOI JE ME SUIS FORMÉ ET J'AI OBTENU UN CERTIFICAT QUI PROUVE QUE JE SUIS CAPABLE DE COIFFER N'IMPORTE QUI, LES HOMMES COMME LES FEMMES !
MAIS... POURQUOI IL FAIT UNE PAIRE DE CISEAUX AVEC SA MAIN ?
EUH... VOUS SAVEZ QU'IL N'Y A JAMAIS EU AUCUN SALON DE COIFFURE OU DE BEAUTÉ SUR CETTE ÎLE, JUSQU'À AUJOURD'HUI ?
NON, JE N'EN SAVAIS RIEN. C'EST QU'ON A DÉMÉNAGÉ TELLEMENT VITE...
ZIEUTE
ET C'EST JUSTEMENT PARCE QU'IL N'Y A AUCUN SALON ICI, QUE LES JEUNES VONT SUR D'AUTRES ÎLOTS, OU MÊME SUR L'ÎLE PRINCIPALE, POUR SE FAIRE COIFFER.
À LA DIFFÉRENCE DES VIEUX ET VIEILLES DE LA RÉGION, QUI PRÉFÈRENT SE COUPER LES CHEVEUX EUX-MÊMES.
BOBOUM BOBOUM

MOI AUSSI, JE FAIS ATTENTION À L'ARGENT...
D'HABITUDE, J'UTILISE UNE TONDEUSE POUR M'OCCUPER DE MES CHEVEUX. C'EST VRAI QU'ILS ONT UN PEU REPOUSSÉ DEPUIS LA DERNIÈRE FOIS... ILS SONT TOUT ÉBOURIFFÉS MAINTENANT.
REGARDEZ !
"UN PEU" ? C'EST UN EUPHÉMISME...
VOUS ADMETTREZ QUE, QUAND IL S'AGIT DE SE FAIRE COUPER LES CHEVEUX, PEU IMPORTE L'ENDROIT OÙ L'ON VA, ÇA NE FAIT AUCUNE DIFFÉRENCE, N'EST-CE PAS ?
IL EST SÉRIEUX, LÀ ?
JE NE SUIS PAS D'ACCORD.
GLOUPS

JE COMPRENDS QUE VOUS NE PARTAGIEZ PAS MON OPINION.
C'EST VRAI QUE, POUR MA PART, J'AI TOUJOURS PENSÉ COMME ÇA...
JUSQU'À PRÉSENT, JE ME SUIS CONTENTÉ DE VIVRE MA VIE, SANS ME SOUCIER UNE SEULE SECONDE DE L'ÉTAT DE MES CHEVEUX OU DE LA TÊTE QUE JE POUVAIS AVOIR.
OUPS ! JE SUIS VRAIMENT DÉSOLÉ DE M'ÊTRE LAISSÉ EMPORTER, MONSIEUR !
NE FAITES PAS ATTENTION AUX BÊTISES QUE JE RACONTE, S'IL VOUS PLAÎT.
PAS DE SOUCI. J'IMAGINE QU'IL EST NORMAL D'AVOIR CE GENRE D'AVIS, SUR UNE ÎLE OÙ L'ON NE TROUVE AUCUN SALON DE COIFFURE.
BON SANG, CETTE COUPE DE CHEVEUX... IL VA RÉUSSIR À ME FAIRE CHANGER D'OPINION, VOUS ALLEZ VOIR !
ON A BEAU ÊTRE COMPLÈTEMENT DIFFÉRENTS, LUI ET MOI, JE SENS TOUT DE MÊME QUE NOUS AVONS UN POINT EN COMMUN.
NOS CHEVEUX EN BATAILLE, PEUT-ÊTRE ?
CROUIII
DÉSOLÉ... NOUS AVONS PASSÉ TOUTE LA JOURNÉE D'HIER À AMÉNAGER LA MAISON, DU COUP, IL N'Y A PLUS RIEN À MANGER DANS LES PLACARDS.
POURRIEZ-VOUS ME DIRE OÙ TROUVER UN *CONVENIENCE STORE* DANS LE COIN, S'IL VOUS PLAÎT ?
JE REGRETTE, MAIS IL N'Y EN A AUCUN SUR CETTE ÎLE.
PAR CONTRE, SI VOUS PRENEZ CETTE DIRECTION, VOUS TROUVEREZ LE COMMERCE D'UNE VIEILLE DAME QUI VEND À PEU PRÈS DE TOUT, EXACTEMENT COMME UN *KONBINI*. IL FAUT MARCHER UN PEU, PAR CONTRE.

VOUS PRENEZ LA DIRECTION DU CENTRE-VILLE, VOUS TRAVERSEZ ENVIRON UN PÂTÉ DE MAISONS ET VOUS TOMBEZ SUR UN GRAND BÂTIMENT. C'EST LÀ !
SUPER-MARCHÉ
ENTRE 2 ET 3 KILO-MÈTRES DE DISTANCE, PEUT-ÊTRE...
MAISON
SINON, À PART ÇA...
IL N'Y A RIEN D'AUTRE.
HEIN ? C'EST QUOI CETTE TÊTE ? IL ME MET MAL À L'AISE...
AH, J'OUBLIAIS ! IL Y A AUSSI CE FERMIER QUI A MIS EN PLACE UN PETIT STAND D'ŒUFS ET DE LÉGUMES EN VENTE LIBRE. MAIS JE ME DEMANDE SI CE SERA SUFFISANT POUR TROUVER DE QUOI CUISINER UN VRAI REPAS...
HIER, J'AI PRÉPARÉ DES ONIGIRI ET DES NOUILLES INSTANTANÉES POUR MON FILS, ALORS JE DEVRAIS POUVOIR ME DÉBROUILLER.
VOUS AVEZ UN FILS ?
OUI, NOUS AVONS EMMÉNAGÉ ICI TOUS LES DEUX.
AH D'ACCORD ! JE CROIS BIEN QUE J'AI ENTENDU PARLER DE VOUS, À LA MAIRIE...
JE VOUS AURAIS BIEN DÉPOSÉ, MAIS J'AI UN AUTRE CLIENT QUI M'ATTEND, ALORS...
À PLUS TARD !
FLIP
TENEZ ! C'EST POUR VOUS !

C'EST MA FEMME QUI A PRÉPARÉ CE REPAS !
C'EST DÉLICIEUX !
EN PLUS, IL Y EN A UNE SACRÉE PORTION !
BANG
MAIS, JE NE PEUX PAS...
COMME ON DIT PAR CHEZ NOUS, "À CHARGE DE REVANCHE" ! VOUS NE VOULEZ PAS QUE VOTRE ENFANT MEURE DE FAIM, N'EST-CE PAS ? ALORS, TOUT VA BIEN ! JE M'EN VAIS.
MAIS, JE... JE PEUX VOUS PAYER !
S'IL VOUS PLAÎT...
JE PRÉFÈRE REPRENDRE LE PANIER, SI VOUS ME PARLEZ D'ARGENT ! CONTENTEZ-VOUS D'ACCEPTER GENTIMENT CE REPAS GRATUIT, VOYONS !
COMME SI JE POUVAIS FIXER UN PRIX SUR LA DÉLICIEUSE CUISINE DE MA FEMME !
GRR
JE REVIENDRAI CHERCHER LA BOÎTE VIDE APRÈS MA TOURNÉE.
VEILLEZ À CE QUE VOTRE FILS MANGE BIEN !
VROUM
"À CHARGE DE REVANCHE"...
C'EST-À-DIRE ?

ZZZ
ZZZ
BOBOUM BOBOUM
C'EST BON... IL EST VIVANT !
QUAND EST-CE QUE TU VAS TE RÉVEILLER, ISSEI ?
MON DIEU... JE N'AI JAMAIS EU DE PROBLÈME POUR ME RÉVEILLER LE MATIN, MOI ! C'EST POUR ÇA QUE JE NE COMPRENDS PAS LES GENS QUI DORMENT AUSSI TARD.
BON... JE SUPPOSE QU'IL SE REMET DE LA FATIGUE DE LA JOURNÉE D'HIER.
POURTANT, IL S'EST COUCHÉ TÔT ET ÇA FAIT BIEN DOUZE HEURES, AU MOINS, QU'IL EST ENDORMI !
EN PLUS, NOUS AVONS UN PROGRAMME CHARGÉ AUJOURD'HUI, ISSEI !
ISSEI !
AH OUI ! Mlle SATOMI M'A DONNÉ SA CARTE DE VISITE AVEC SES COORDONNÉES, HIER...
Bonjour ! Je voulais vous remercier pour votre aide précieuse, hier.
TING
TRENTE MINUTES PLUS TARD.
CHUUT

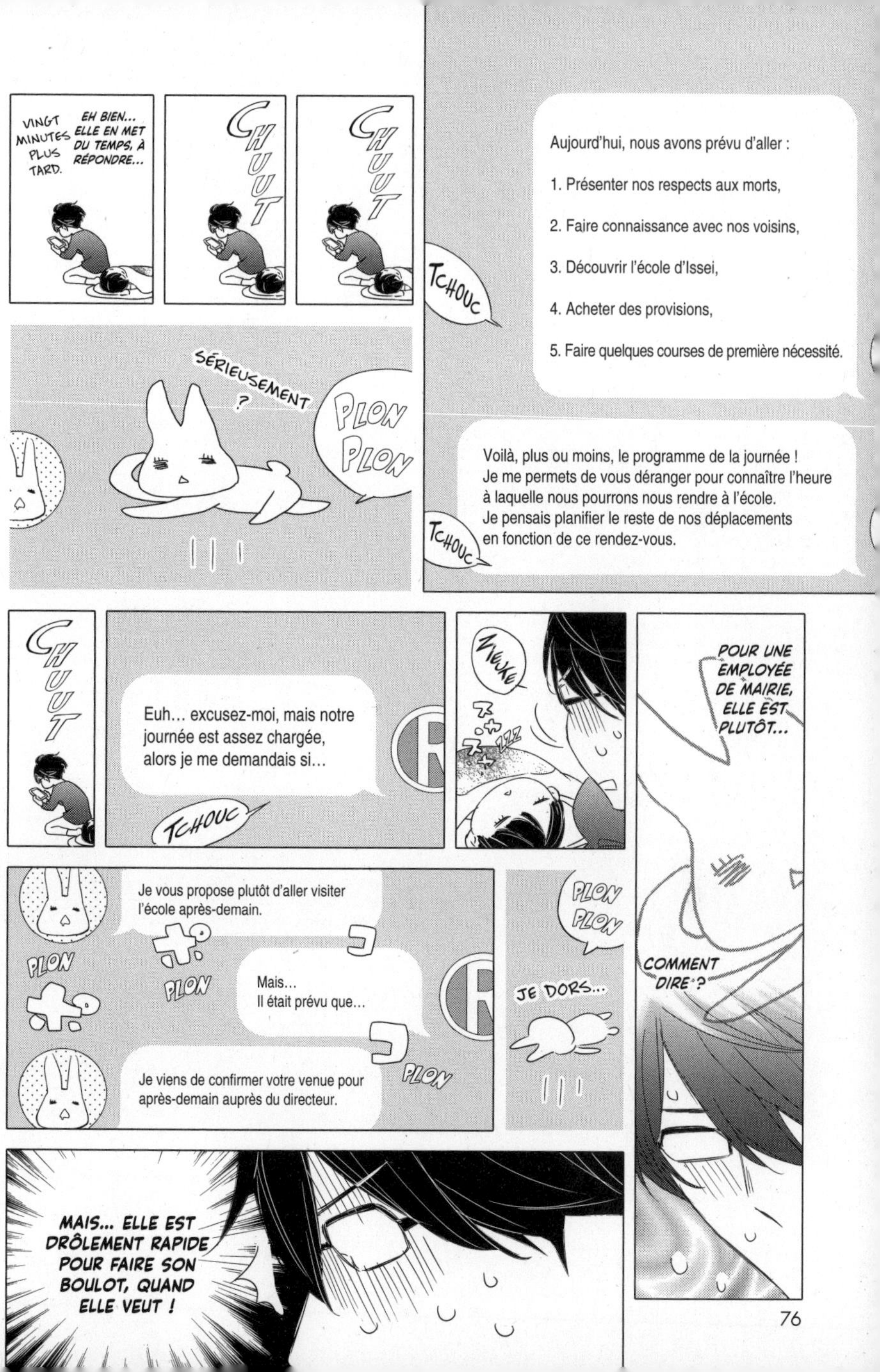
Aujourd'hui, nous avons prévu d'aller :
1. Présenter nos respects aux morts,
2. Faire connaissance avec nos voisins,
3. Découvrir l'école d'Issei,
4. Acheter des provisions,
5. Faire quelques courses de première nécessité.
TCHOUC
Voilà, plus ou moins, le programme de la journée ! Je me permets de vous déranger pour connaître l'heure à laquelle nous pourrons nous rendre à l'école. Je pensais planifier le reste de nos déplacements en fonction de ce rendez-vous.
TCHOUC
VINGT MINUTES PLUS TARD.
EH BIEN... ELLE EN MET DU TEMPS, À RÉPONDRE...
CHUUT
CHUUT
SÉRIEUSEMENT ?
PLON PLON
NIEUKE
ZZZ
Euh... excusez-moi, mais notre journée est assez chargée, alors je me demandais si...
TCHOUC
CHUUT
POUR UNE EMPLOYÉE DE MAIRIE, ELLE EST PLUTÔT...
COMMENT DIRE ?
PLON PLON
JE DORS...
Je vous propose plutôt d'aller visiter l'école après-demain.
PLON
PLON
Mais... Il était prévu que...
Je viens de confirmer votre venue pour après-demain auprès du directeur.
PLON
MAIS... ELLE EST DRÔLEMENT RAPIDE POUR FAIRE SON BOULOT, QUAND ELLE VEUT !

Monsieur, je me permets de vous rappeler que c'est Issei qui va fréquenter notre école, pas vous.
WOOOSH
あ
あ
あ
?
AOW
AOW

ザァァァ
ア
WOOOSH
ザァァ
Zzz
Zzz
Zzz
Zzz
Zzz
Zzz
Zzz

TiNG
TiNG
TiNG

BONJOUR, ISSEI.
HAA...
はあぁあぁ…
HAA...

ET VOILÀ ! TU N'AS PAS SÉCHÉ CORRECTEMENT TES CHEVEUX AVANT DE TE COUCHER, HIER SOIR ! C'EST POUR ÇA QUE TU AS DES ÉPIS SUR LA TÊTE, CE MATIN.
NE BOUGE PAS !
FRR
FRR
GRAB
SURPRISE...
うっ‥とり‥
OH...
TADAM
BON APPÉTIT !

UN GENTIL MONSIEUR A INSISTÉ POUR NOUS LAISSER SON CASSE-CROÛTE À PARTAGER.
ACQUIESCE.
GARDONS À L'ESPRIT SON NOBLE GESTE, PENDANT QUE NOUS MANGEONS, D'ACCORD ?
HEUREUSEMENT, LES PRÉCÉDENTS OCCUPANTS NOUS ONT LAISSÉ QUELQUES COUVERTS !
C'EST VRAIMENT BON, CE PLAT ! QU'EST-CE QUE ÇA PEUT ÊTRE ? ON DIRAIT DU JAMBON... LE GOÛT EST BIEN PRONONCÉ, EN TOUT CAS ! ON A DU MAL À LÂCHER SES BAGUETTES !
ACQUIESCE.
SCRUNCH
SCRUNCH
ET ÇA ? PROBABLEMENT UN LÉGUME... ÇA CROQUE SOUS LA DENT. QUEL DÉLICE !
ACQUIESCE.
MIAM
MIAM
HUM ?!

PLOF
ALLEZ ! ON RANGE TOUT ÇA VITE FAIT ET ON ATTAQUE LES MISSIONS DU JOUR, ISSEI !
HIER, À L'HEURE DU BAIN...
AVEC TOUT ÇA, NOUS ALLONS ÊTRE TRÈS OCCUPÉS, DEMAIN.
LORSQUE NOUS IRONS NOUS PRÉSENTER AUX VOISINS, IL NE FAUDRA PAS OUBLIER DE LEUR PARLER DU SALON.
QUAND ON AURA FINI LES VISITES, IL SERA L'HEURE D'OUVRIR LA BOUTIQUE. BON, C'EST VRAI QUE JE N'AI PAS ENCORE FAIT LA DÉCLARATION OFFICIELLE, MAIS J'IRAI DANS LES PROCHAINS JOURS.
BOBOUM
BOBOUM
C'ÉTAIT BON ! PAS VRAI, ISSEI ?

BON, ALORS ! PREMIÈRE MISSION DU JOUR : ALLER RENDRE VISITE AUX DÉFUNTS !
ACQUIESCE.
BOBOUM ドキ BOBOUM ドキドキ
BIIIP
AH ! ELLE A RÉPONDU !
J'AI DEMANDÉ À MLLE SATOMI OÙ L'ON POUVAIT TROUVER CES FAMEUX UTAKI !
J'EN SAIS RIEN...
POC コ
Il me semble que dans votre quartier, il n'y a qu'un seul lieu de culte, mais il faudra que vous demandiez aux voisins où il se situe, car moi, je ne peux pas vous aider.
POC ポ
OH ! UN ÉTAL EN LIBRE-SERVICE.
DU COLZA, DES CAROTTES, DU MELON... ET ÇA, C'EST QUOI COMME LÉGUME ?

GLOUPS
ON NE VOLE RIEN, HEIN ?!
BOBOUM
BOBOUM
VOUS AVEZ BIEN RETENU MES INDICATIONS ? C'EST VRAI QUE POUR TROUVER NOTRE UTAKI, LE CHEMIN N'EST PAS SIMPLE ! MAIS C'EST PARCE QUE NOUS N'AVONS PAS ENVIE DE VOIR LES TOURISTES TOURNER AUTOUR DE NOTRE SITE SACRÉ.
IL N'Y A QUE LES PRÊTRESSES QUI PEUVENT PÉNÉTRER À L'INTÉRIEUR. LES HOMMES Y SONT ABSOLUMENT INTERDITS ! LORSQUE VOUS AUREZ FAIT VOS SALUTATIONS COMME IL SE DOIT, IL FAUDRA QUE VOUS REPARTIEZ AUSSITÔT !

LA TEMPÉRATURE A CHUTÉ D'UN DEGRÉ OU DEUX...
ON DIRAIT QU'UNE PETITE BRISE FRAÎCHE S'EST LEVÉE !

BONJOUR ! JE M'APPELLE RIKU HARUTA. AVEC MON FILS ISSEI, NOUS AVONS QUITTÉ TOKYO POUR EMMÉNAGER SUR CETTE ÎLE !
MERCI BEAUCOUP DE NOUS AVOIR ACCEPTÉS PARMI VOUS !
JE SUIS VENU POUR COUPER LES CHEVEUX DE VOS INSULAIRES. ET MON FILS VA BIENTÔT INTÉGRER L'ÉCOLE PRIMAIRE DU COIN.

MERCI DE VEILLER SUR MON FILS JUSQU'À LA FIN DE SA SCOLARITÉ !
BIEN... J'ESPÈRE AVOIR RESPECTÉ LES CONSIGNES DE LA DAME ÂGÉE EN M'EXPRIMANT DE CETTE FAÇON...
OK !
AH, OUI ! J'OUBLIAIS...
IL NE FAUT PAS FRAPPER DANS SES MAINS.

ET POUR MON SALON... SI VOUS POUVIEZ FAIRE EN SORTE QUE LES CLIENTS ARRIVENT ASSEZ RAPIDEMENT, CE SERAIT FORMIDABLE !
S'IL VOUS PLAÎT...
ÇA, CE N'EST PAS CORRECT !

AH ! IL RESTE DES LÉGUMES DANS L'ÉTAL EN LIBRE-SERVICE !
COLZA : 100 ¥.
MELON : 100 ¥.
CAROTTES : 100 ¥.
PAR ICI, LA MONNAIE, SVP.
C'EST VRAI QU'ON DEVAIT AUSSI ALLER FAIRE LES COURSES, AUJOURD'HUI ! ON N'EN A PAS EU LE TEMPS ET DU COUP, LE FRIGO EST VIDE !

*C'EST EXCELLENT POUR LA SANTÉ !

*PUISQUE VOUS N'AVEZ RIEN CHEZ VOUS, NE VOUS FAITES PAS PRIER.

ÇA VA ÊTRE SYMPA DE TESTER LA RECETTE DU VIEUX MONSIEUR ! N'EST-CE PAS, ISSEI ?
JE PRÉPARE LE REPAS, PUIS JE VAIS PRENDRE UN BAIN. TU M'ATTENDRAS BIEN SAGEMENT, D'ACCORD ?
FINALEMENT, NOUS AVONS JUSTE EU LE TEMPS DE RENDRE VISITE AUX ANCÊTRES AVANT QUE LA JOURNÉE NE SOIT ACHEVÉE...
SI ÇA CONTINUE COMME ÇA, JE NE SAIS PAS QUAND JE VAIS POUVOIR OUVRIR MON SALON POUR DE BON...
HAA...
IL FAUT VRAIMENT QUE J'ARRIVE À RASSURER ISSEI. JE DOIS TRÈS VITE LUI PROUVER QU'IL PEUT AVOIR CONFIANCE EN MOI...
ISSEI ?

ISSEI ?
ISSEI ?!

OKINAWA ELECTRICS
ÎLE DE HARUTA - COMPAGNIE D'ÉLECTRICITÉ
PAPA !
PAPA !

ISSEI… C'EST BIEN LA PREMIÈRE FOIS QUE TON PAPA TE VOIT TE PRÉCIPITER AINSI !
EUH… REBONJOUR ! JE SUIS LE…

EN FAIT, J'ÉTAIS JUSTE VENU RÉCUPÉRER MA BOÎTE, C'EST TOUT...
EXCUSEZ-MOI ! POURRIEZ-VOUS RESTER UN PEU, "À CHARGE DE REVANCHE" ? S'IL VOUS PLAÎT...
BON, D'ACCORD...
ZIEUTE
VEUILLEZ ME PARDONNER ! JE SUIS OBLIGÉ DE FAIRE VOTRE SHAMPOING DANS L'ÉVIER DE LA CUISINE...
ZIEUTE
J'ESPÈRE QUE VOUS ÊTES À L'AISE. PARDON POUR CETTE SITUATION INCONGRUE. CE N'EST PAS TROP GÊNANT, AU MOINS ?
NON, ÇA VA. POUR VOUS DIRE LA VÉRITÉ, MOI AUSSI, J'AI EU L'OCCASION DE QUITTER CETTE ÎLE ET D'ALLER À TOKYO, PAR LE PASSÉ...
JE ME RAPPELLE LA SEULE FOIS OÙ JE SUIS RENTRÉ DANS UN SALON DE COIFFURE, LÀ-BAS...
JE NE SAIS PLUS POURQUOI J'AI EU L'ENVIE SOUDAINE DE ME FAIRE COUPER LES CHEVEUX...
À LA SORTIE, JE NE RESSEMBLAIS À RIEN ET J'AVAIS VIDÉ MON PORTE-FEUILLE !
J'ÉTAIS DÉÇU PAR LE RÉSULTAT ! DEPUIS CE JOUR-LÀ, JE N'AI PLUS JAMAIS REMIS LES PIEDS CHEZ UN COIFFEUR...

J'IMAGINE QU'À CE MOMENT-LÀ, J'AI SIMPLEMENT DÛ CÉDER AU DÉSIR DE CHANGER D'APPARENCE. JE DEVAIS PROBABLEMENT ÊTRE ANGOISSÉ...
ET VOILÀ, C'EST TERMINÉ ! UNE BONNE COUPE QUI VA STIMULER TA CONFIANCE !
JE TE JURE, ÇA TE VA TRÈS BIEN, RIKU ! MÊME SI TES CHEVEUX SONT NOIRS COMME DE L'ENCRE, ILS SONT TOUT LÉGERS MAINTENANT. JE T'AI FAIT LA COUPE À LA WEB MARSH !
J'AI DÛ DONNER UN SACRÉ COUP DE CISEAUX, N'EMPÊCHE...
EH BIEN, MERCI BEAUCOUP, RYOTA ! JE NE SAIS PAS ENCORE SI CETTE COUPE ME CONVIENT OU PAS, MAIS JE VAIS TOUT FAIRE POUR M'Y HABITUER.
OUI, J'AI VRAIMENT ASSURÉ, LÀ !
QU'EST-CE QUE TU RACONTES ?
JE TE L'AI DÉJÀ DIT, POURTANT ! QUAND JE COUPE LES CHEVEUX DE QUELQU'UN...
JE LUI OFFRE TOUJOURS LA COUPE QUI LUI CORRESPOND LE MIEUX.

PEU IMPORTE QU'UNE COUPE DE CHEVEUX SOIT À LA MODE, SI ELLE NE REFLÈTE PAS LA PERSONNALITÉ DU CLIENT, TU PEUX ÊTRE SÛR QU'ELLE NE LUI IRA PAS.
NOUS AUTRES, LES COIFFEURS, NOUS NE SOMMES PAS LÀ POUR NOUS OCCUPER DE POUPÉES OU DE MANNEQUINS, MAIS BIEN ÉVIDEMMENT POUR COUPER LES CHEVEUX DE VÉRITABLES PERSONNES.
LA MÈRE DE MON FILS S'APPELLE HARUKA...
CELA FAISAIT UN MOMENT QU'ELLE NE M'AVAIT PAS DONNÉ SIGNE DE VIE. UN BEAU JOUR, ELLE DÉBARQUE CHEZ MOI, AVEC NOTRE ENFANT, ET COMMENCE À S'INSTALLER.
AVANT MÊME QUE JE NE ME FASSE À LA SITUATION, ELLE EST REPARTIE PRÉCIPITAMMENT, EN ME CONFIANT ISSEI.
HEIN ? QU'EST-CE QU'IL VEUT DIRE PAR "SE FAIRE À LA SITUATION" ? MA PAROLE ! ON DIRAIT QU'IL PARLE DE L'ADOPTION D'UN CHAT, LÀ...
APPAREMMENT, ELLE DEVAIT PARTIR À L'ÉTRANGER POUR LE BOULOT ET ELLE NE NOUS A JAMAIS DIT QUAND EST-CE QU'ELLE COMPTAIT REVENIR.
OUAH... ÇA CRAINT !
AVANT DE PARTIR, ELLE NOUS A QUAND MÊME DIT UN DERNIER MOT, À ISSEI ET À MOI...
"J'AI FAIT TOUT CE QUE J'AI PU... J'AI FAIT DE MON MIEUX, MAIS..."
"FINALEMENT, JE NE SUIS PAS FAITE POUR ÉLEVER UN ENFANT ! DÉSOLÉE..."
VOILÀ...
MON DIEU... ÇA DOIT LUI PESER, CETTE HISTOIRE... NON ? IL A L'AIR PLUTÔT DÉTENDU, EN FAIT...
CE N'EST QUE LORSQU'ELLE EST PARTIE QUE J'AI SOUDAIN RÉALISÉ QUE JE NE SAVAIS RIEN DE MON FILS ET QUE J'AVAIS BEAUCOUP DE CHOSES À RATTRAPER.

J'AVAIS BEAU ÊTRE TRÈS OCCUPÉ, À CETTE ÉPOQUE...
J'AI QUAND MÊME EU LA CHANCE DE CONNAÎTRE LA CHALEUR D'UN FOYER, PENDANT UNE BRÈVE PÉRIODE.
MOI QUI, JUSQU'ALORS, N'AVAIS CONNU QU'UNE VIE SOLITAIRE...
C'EST POUR VIVRE TRANQUILLEMENT NOTRE VIE À DEUX, QUE JE SUIS VENU SUR CETTE ÎLE AVEC ISSEI.
AVEC CETTE COUPE DE CHEVEUX, QUE M'A OFFERTE MON AMI RYOTA...
CETTE COUPE QUI CORRESPOND À LA PERSONNE QUE JE SUIS ACTUELLEMENT, PAS AU "MOI" DU PASSÉ, NI À CELUI QUE J'AIMERAIS DEVENIR.
EST-CE QUE CELA VOUS CONVIENT ?

JE SUIS VRAIMENT TROP BEAU ! MA FEMME RISQUE DE NE PAS ME RECON-NAÎTRE...
WAOUH !!
SI JAMAIS ELLE REFUSE DE ME LAISSER RENTRER CHEZ MOI, VOUS POURREZ ME LOGER CHEZ VOUS, N'EST-CE PAS ?
C'EST IN-CROYABLE !
ACQUIESCE.
"À LA VIE, À LA MORT !"
C'EST CE QU'ON DIT À QUELQU'UN QUE L'ON CONSIDÈRE COMME SON FRÈRE !
ENFIN, C'EST LE GENRE D'EXPRES-SION QU'ON UTILISE PLUTÔT LORSQU'ON VA BOIRE UN VERRE ENTRE POTES !..
AH, EUH... VRAIMENT ?
JE PARTAGE VOTRE SENTI-MENT...
MAIS, EUH... DEMAIN, J'AI TELLEMENT DE CHOSES À FAIRE ! JE NE SUIS PAS SÛR DE POUVOIR VOUS ACCOMPAGNER DANS UN BAR CE SOIR ! DÉSOLÉ...
CE N'ÉTAIT PAS UNE INVITATION À PROPREMENT PARLER, VOUS COMPRENEZ ?
SURTOUT QUE CE SOIR, J'AI PRÉVU UN RENDEZ-VOUS ROMANTIQUE AVEC MA FEMME...!
PEUT-ÊTRE UNE PROCHAINE FOIS...
MAIS LAISSE-MOI TE DIRE UNE CHOSE, MON FRÈRE...
TU N'AS PAS BESOIN DE T'AGITER AINSI, DÈS LE LEVER DU JOUR, TU SAIS ?
APRÈS TOUT, NOUS SOMMES SUR UNE ÎLE.
OH...
JE DORS...
Monsieur, je me permets de vous rappeler que c'est Issei qui va fréquenter notre école, pas vous.

ENFIN, D'UN AUTRE CÔTÉ, IL VAUT MIEUX SORTIR TON ENSEIGNE LE PLUS RAPIDEMENT POSSIBLE !
CAR, VU L'ÉTAT DE DÉLABREMENT DE TA BARAQUE, LES GENS RISQUENT DE NE PAS COMPRENDRE QU'UN SALON DE COIFFURE S'EST OUVERT À CET ENDROIT !
SANS VOULOIR T'OFFENSER, HEIN ?
AUCUN PROBLÈME...
MERCI BEAUCOUP ! VOILÀ POUR TOI...
MAIS NON... C'ÉTAIT POUR TE REMERCIER DU REPAS DE CE MIDI, EN FAIT...
ALLEZ, ACCEPTE ! GRÂCE À LA COUPE DE CHEVEUX QUE TU M'AS OFFERTE, J'AI L'IMPRESSION D'ÊTRE UN NOUVEL HOMME... UN MEILLEUR HOMME, POUR AINSI DIRE.
AUTREFOIS, JE TROUVAIS QUE SE FAIRE COUPER LES TIFS, C'ÉTAIT BEAUCOUP TROP CHER !
JUSQU'À AUJOURD'HUI, JE NE COMPRENAIS PAS L'INTÉRÊT DE PAYER AUTANT, JUSTE POUR ÇA !
SI JAMAIS MA FEMME ME GRONDE, TU POURRAS ME RENDRE UN PEU DE CET ARGENT ?

À TABLE, ISSEI !
CHUUT
EST-CE QU'IL S'EST ENCORE ENDORMI, ASSOMMÉ DE FATIGUE ?
Je suis venu
pour vous co
les chev
ÇA… C'EST SÛREMENT UNE…
ENFIN, D'UN AUTRE CÔTÉ, IL VAUT MIEUX SORTIR TON ENSEIGNE LE PLUS RAPIDEMENT POSSIBLE !

TU DEVRAIS RANGER ÇA DANS UN PROTÈGE-DOCUMENT POUR NE PAS L'ABÎMER...
VOILÀ, C'EST TRÈS BIEN !
BON ! ALLONS MANGER !
J'AI PRÉPARÉ LE FAMEUX BROUET QUE NOUS A CONSEILLÉ DE FAIRE LE GENTIL PAPI, AVEC UNE SALADE DE COLZA ET MELON !
AUJOURD'HUI, NOUS N'AVONS EU QU'UN SEUL CLIENT...
POURTANT, J'AI L'IMPRESSION QUE LA JOURNÉE A ÉTÉ PLUTÔT CHARGÉE. JE ME DEMANDE BIEN POURQUOI...

LE REPAS N'EST PAS VRAIMENT UNE RÉUSSITE...
ET IL N'Y A RIEN D'INTÉRESSANT À LA TÉLÉ. DÉSOLÉ ISSEI, JE N'AI RIEN DE MIEUX À TE PROPOSER...
EN TOUT CAS, MOI, JE POURRAIS PASSER MA VIE...
À TE REGARDER, TOUT SIMPLEMENT.
Coiffeur - Visagiste
Je suis venu pour vous couper les cheveux
À SUIVRE

Épisode 3
On part faire les courses
FAITES CHAUFFER LE LAIT DE SOJA DANS UNE CASSEROLE.
ATTENTION À NE PAS LE PORTER À ÉBULLITION !
REMUEZ AVEC UNE CUILLÈRE EN BOIS.
TOUT EN CONTINUANT À FAIRE DES CERCLES, AJOUTEZ DEUX PINCÉES DE CHLORURE DE MAGNÉSIUM EN FAISANT UNE CROIX.
にがり
LE TOFU DURCIT RAPIDEMENT, ALORS...
MÉLANGEZ AVEC DÉLICATESSE...
PUIS, ÉTEIGNEZ LE FEU, POSEZ LE COUVERCLE PAR-DESSUS ET LAISSEZ REPOSER.
POUR FINIR, RAJOUTEZ UN PEU DE SHIRODASHI.

MIAM !
VOILÀ ! JE SUIS UN COIFFEUR VENU DE TOKYO...
ET CELA FAIT UNE SEMAINE QUE J'AI EMMÉNAGÉ SUR CETTE ÎLE RECULÉE AVEC MON FILS !
JE N'AVAIS JAMAIS TESTÉ CETTE RECETTE DE TOFU, AVANT D'ARRIVER ICI ! LE GOÛT EST DÉLICAT ET SUBTIL...
EN DÉCOUVRANT CETTE MAISON EN RUINES, JE ME DEMANDAIS SI ON ALLAIT RÉUSSIR À S'EN SORTIR, MAIS EN FIN DE COMPTE...
JE VAIS FAIRE CUIRE DU RIZ...
ET RÉCHAUFFER LES RESTES D'HIER...

AH OUI, J'OUBLIAIS... IL N'Y A PAS DE MICRO-ONDES, ICI !
HEUREUSEMENT QUE LES ANCIENS OCCUPANTS NOUS ONT LAISSÉ LEUR FRIGO, AU MOINS...
VOYONS... JE PEUX AUSSI DÉCOUPER TOUT ÇA EN PETITS CUBES ET LES FAIRE REVENIR DANS UNE POÊLE, À FEU DOUX...
RAJOUTER DE LA SAUCE SOJA ET DE L'ALCOOL DE RIZ...
PUIS LE MÉLANGER AU RIZ !
PUISQUE J'EN AI, AUTANT RAJOUTER DE L'ARMOISE, EN L'INCORPORANT DÉLICATEMENT.
ÇA RAPPELLERA LE BROUET...
JE VERSE LE TOFU DANS UN BOL...
ET JE SAUPOUDRE DE POIREAU FINEMENT HACHÉ, CELUI-LÀ MÊME QUE J'AI ACHETÉ HIER, À L'ÉTAL EN LIBRE-SERVICE DU VIEUX MONSIEUR.
ET VOILÀ UN BON PETIT-DÉJEUNER, À BASE DE TOFU MARINÉ !
À TABLE, ISSEI !

C'EST CE GENRE DE PETIT-DÉJEUNER QUE NOUS PRENONS, DÉSORMAIS.

Épisode 3

On part faire les courses

Coiffeur - Visagiste
Je suis venu
pour vous couper
les cheveux
Coiffeur - Visagiste
Je suis venu
pour vous couper
les cheveux
MAIS DEPUIS LA VISITE DE MON POTE, NOUS N'AVONS PAS EU LE MOINDRE CLIENT.
LE POTE EN QUESTION.
L'ÉLECTRI-CIEN.

DIRE QU'ISSEI VA BIENTÔT RETOURNER À L'ÉCOLE…
JE DOIS TOUT FAIRE POUR LUI ÉVITER DE STRESSER AVANT LA REPRISE !
ZIEUTE
OH ! BONJOUR !
POF
FIUT
D'ACCORD, C'EST UNE RUE PASSANTE, MAIS TOUT DE MÊME… ÇA EN FAIT, DU MONDE !
AH ! VOUS RISQUEZ D'AVOIR LA VISITE DE VOISINS CURIEUX.
ILS VIENNENT JUSTE VÉRIFIER SI VOTRE FILS ET VOUS N'AVEZ RIEN DE SUSPECT.
MADE-MOISELLE SATOMI…
TRAVAILLE POUR LA MAIRIE.
ON M'AVAIT BIEN PRÉVENU, DÈS LE DÉPART, QU'IL NE SERAIT PAS DU TOUT FACILE DE MONTER UN COMMERCE SUR CETTE ÎLE…
EST-CE QUE JE LES EFFRAIE À CE POINT ?

DIS, RYOTA ! TOI QUI GÈRES TOUT SEUL TON SALON...
TU AVAIS VRAIMENT BESOIN DE QUELQU'UN COMME MOI, QUI N'Y CONNAIS ABSOLUMENT RIEN À LA MODE OU À LA BEAUTÉ, POUR T'AIDER ?
TU T'Y PRENDS COMME UN MANCHE, AVEC CE BALAI...
MAIS NON ! JE TE TAQUINE...
MOI, LES GENS QUI DOUTENT D'EUX-MÊMES, JE LEUR REFAIS LE PORTRAIT. ÇA TE DIT ?
GRAB
ET VOILÀ !
JE NE SUIS PAS SÛR D'ÊTRE FAIT POUR ÇA... COMMENT SAVOIR SI JE VAIS DANS LA BONNE DIRECTION ?
RIKU... EN COUPANT LES CHEVEUX DES CLIENTS, TU CRÉES UN LIEN SPÉCIAL AVEC EUX.
CROIS-MOI, C'EST ÇA ÊTRE UN COIFFEUR D'EXCEPTION !

MON DIEU… J'AI BEAU ME PRÉSENTER SOUS LE MEILLEUR JOUR, LES CLIENTS SONT ENCORE TROP TIMIDES.
VENEZ, S'IL VOUS PLAÎT… ♡
DES CLIENTS AVEC QUI CRÉER DES LIENS SPÉCIAUX… RYOTA, CES GENS-LÀ NE FRÉQUENTENT PAS ENCORE MON SALON ! JE NE SAIS PAS POURQUOI… MAIS JE VAIS TOUT FAIRE POUR QUE CELA CHANGE !
JE NE VEUX PAS QU'ISSEI S'INQUIÈTE…
OUI… IL EST NUMÉRO UN SUR MA LISTE DES PRIORITÉS !
JE DOIS À TOUT PRIX FAIRE ATTENTION À LUI.
C'EST COMME CETTE MAISON ! AVANT, ELLE N'AVAIT AUCUN ATTRAIT, MAIS MAINTENANT, ELLE COMMENCE À DEVENIR INTÉRESSANTE.
LA PIÈCE À CIEL OUVERT PLAÎT BEAUCOUP À ISSEI, ALORS JE PENSE QUE JE VAIS LA LAISSER EN L'ÉTAT.
LA PETITE PIÈCE JAPONAISE, À CÔTÉ DU SALON, EST VRAIMENT BELLE ET C'EST LÀ QU'ON DORT LORSQU'IL PLEUT.
QUELLE TRANQUILLITÉ !
JE SAIS QUE ÇA NE SERT À RIEN, MAIS JE VAIS QUAND MÊME POSER UN INSECTIFUGE ICI.
JE N'AI PAS PEUR DES MOUSTIQUES, MAIS BON…
DANS LE SALON, IL N'Y A PAS DE TÉLÉ. NOUS NOUS SERVONS DE CETTE PIÈCE POUR FAIRE LA SIESTE, L'APRÈS-MIDI.
WOOOSH

ON ENTEND LA MER...
TOUT EST SI CALME...
ÇA ME FAIT PENSER QUE JE N'AI TOUJOURS PAS AMENÉ ISSEI À LA PLAGE, DEPUIS QUE NOUS AVONS EMMÉNAGÉ...
ON PEUT LA VOIR DEPUIS NOTRE TERRASSE, C'EST DÉJÀ ÇA...
J'AI TOUJOURS ÉTÉ QUELQU'UN DE TRÈS IMPLIQUÉ DANS MON TRAVAIL ET JE N'AI JAMAIS COMPRIS CEUX QUI BOSSAIENT EN DILETTANTES.
JE VAIS FAIRE UNE EXCEPTION.
DIS, ISSEI ! ÇA TE DIRAIT D'ALLER VOIR LA MER ?
JUSTE POUR UN PETIT MOMENT. LES CLIENTS NE VIENDRONT PLUS, AUJOURD'HUI, DE TOUTE FAÇON...
ZIEUTE
MAIS POUR UNE FOIS...

QU'EST-CE QUE ÇA VEUT DIRE ? IL ME REGARDE COMME SI J'ÉTAIS DEVENU FOU ?!
ZIEUTE
PEUT-ÊTRE BIEN QU'IL STRESSE TOUT DE MÊME POUR LA RENTRÉE, AU FINAL. IL N'Y A AUCUNE RAISON, POURTANT...
BOBOUM BOBOUM
TROIS JOURS PLUS TÔT.
ÉCOLE PRIMAIRE DE HARU
TRÈS BIEN ! NOUS REVIENDRONS DONC LA SEMAINE PROCHAINE.
MERCI BEAUCOUP POUR TOUT CE QUE VOUS FAITES POUR MON FILS.
BUREAU DU DIRECTEUR
IL SE TROUVE QU'EN CE MOMENT, NOUS AVONS PAS MAL D'ÉLÈVES QUI NE SONT PAS NÉS SUR L'ÎLE. JE SUIS SÛR QUE VOTRE PETIT ISSEI ARRIVERA RAPIDEMENT À SE FAIRE DES AMIS ET À S'INTÉGRER EN CLASSE !

EN PLUS, IL EST TRÈS SAGE, ALORS TOUT DEVRAIT BIEN SE PASSER !
TU ES TRÈS BIEN ÉLEVÉ, MON PETIT ISSEI !
MADEMOISELLE SATOMI ?
UNE NOUVELLE MAISON... UNE ÉCOLE DIFFÉRENTE... DES ENFANTS QUE TU NE CONNAIS PAS...
TU VAS AVOIR BEAUCOUP DE DÉFIS À RELEVER !

TU SAIS, ISSEI ? TON PAPA AUSSI A PEUR PARFOIS, MÊME S'IL EST ADULTE...
BOBOUM
BOBOUM
À TON ÂGE, J'AVAIS DES AMIS POUR M'AIDER À SURMONTER MES DIFFICULTÉS, C'ÉTAIT FORMIDABLE...
JE NE SAIS PLUS COMMENT ON S'Y ÉTAIT PRIS, PAR CONTRE...
À LA RÉFLEXION...
EUH... TU AS RAISON ! CE N'EST PAS SÉRIEUX ! UN CLIENT PEUT TOUJOURS ARRIVER...
PURÉE... JE SUIS NUL POUR REMONTER LE MORAL DE MON FILS...
BIIP
UN TEXTO DE MADE-MOISELLE SATOMI !
AH BON ? IL ME FAUT VRAIMENT CE DOCUMENT ?
OUI, JE VOUS LE DÉPOSERAI À L'ÉCOLE.
TIC TAC
TIC TAC
ISSEI ! PAPA DOIT ALLER À UN RENDEZ-VOUS IMPORTANT.
ON VA EN PROFITER POUR FERMER LE SALON ET PARTIR EN VILLE POUR FAIRE QUELQUES COURSES.
NOUS N'AVONS PRESQUE PLUS RIEN À MANGER ET...
ZIEUTE
MAIS NON, NE T'EN FAIS PAS !
TOUT VA BIEN ! PAPA A MIS SUFFISAMMENT D'ARGENT DE CÔTÉ LORSQU'IL TRAVAILLAIT À TOKYO !
MAIS...
POURQUOI SUIS-JE EN TRAIN DE PARLER D'ARGENT À UN ENFANT SI PETIT ?

ZIEUTE
TOUS LES JOURS, J'ESSAIE DE CUISINER AFIN DE ME PROUVER QUE JE SUIS UN BON PÈRE...
J'UTILISE SURTOUT MON CUISEUR À RIZ, EN FAIT...
ZIEUTE
ISSEI...
PAPA DOIT ALLER RÉCUPÉRER QUELQUE CHOSE À TON ÉCOLE. TU VEUX BIEN M'ACCOMPAGNER ?
ACQUIESCE
TU AS PRIS TA GOURDE ?
TU ES ALLÉ AUX TOILETTES ?
TU AS TON CHAPEAU ?

MOI, JE N'AI PAS BESOIN QU'ON ME COUPE LES CHEVEUX !
MAIS... JE NE LUI AI RIEN DEMANDÉ...
ALLEZ ! C'EST PARTI POUR LES COURSES !
ON VA SE PROMENER.

ET NOUS NOUS SOMMES DÉSALTÉRÉS.
NOUS AVONS DISTRIBUÉ DES PROSPECTUS POUR LE SALON...
DANS LA RUE, NOUS AVONS REGARDÉ LES CHATS...
UN MICRO-ONDES ET UN CUISEUR À RIZ... LES POSSIBILITÉS SONT INFINIES !
COMME ÇA, JE POURRAI CUISINER BEAUCOUP PLUS DE PLATS.
AH OUI ! J'AIMERAIS BIEN TROUVER UN MICRO-ONDES PAS TROP CHER, SI POSSIBLE...
CETTE PROMENADE NOUS FAIT TELLEMENT DE BIEN !
ON A VRAIMENT BIEN FAIT DE SORTIR POUR FAIRE DES COURSES.
TUUT TUUT
JE DOIS ME REFOCALISER.
J'AI SURTOUT ENVIE D'ADMIRER TON VISAGE RAVI, LORSQUE TU MANGES QUELQUE CHOSE QUE TU AIMES ! MON DIEU... JE NE SUIS PAS DU TOUT CONCENTRÉ, LÀ !
COMME ON SE RETROUVE ! VOUS ALLEZ EN VILLE ? MONTEZ, JE VOUS DÉPOSE !
MONSIEUR L'ÉLECTRICIEN !

CE N'EST PAS TROP DUR, POUR TON FILS, DE FAIRE UNE TELLE DISTANCE À PIED ?
T'AS QUEL ÂGE, ISSEI ?
IL A 9 ANS ET IL EST DE FIN D'ANNÉE.
ALORS, TU DOIS ÊTRE EN QUATRIÈME ANNÉE DE PRIMAIRE, N'EST-CE PAS ?
DU COUP, LE TRAJET EST PLUTÔT LONG POUR TOI, NON ?
PEUT-ÊTRE QUE TU POURRAIS LE FAIRE À VÉLO, SI TON PAPA T'EN ACHETAIT UN ?
IL N'Y A PAS BEAUCOUP DE VOITURES QUI CIRCULENT DANS LE COIN, ALORS IL POURRAIT ROULER TRANQUILLE, JE PENSE...
EUH... ISSEI NE SAIT PAS ENCORE FAIRE DU VÉLO, EN FAIT...
AH OUI, JE COMPRENDS... J'IMAGINE QUE CE N'EST PAS FACILE D'EN FAIRE, À TOKYO ! ON Y CIRCULE DIFFICILEMENT, CAR LES ROUTES SONT TRÈS ÉTROITES. C'EST DANGEREUX !
ALORS POURQUOI TU NE MONTERAIS PAS SUR LE VÉLO DE PAPA ? ÇA SERAIT TRÈS AMUSANT, TU NE PENSES PAS ?
MOI, JE FAISAIS ÇA TOUT LE TEMPS AVEC MA FEMME, LORSQUE NOUS ÉTIONS ÉTUDIANTS... ♡
BIEN SÛR, MONTER À DEUX SUR UN VÉLO LORSQUE L'ENFANT A PLUS DE SIX ANS, C'EST UNE INFRACTION AU CODE DE LA ROUTE, MAIS BON...
...
LA MÈRE DE MON FILS S'APPELLE HARUKA...
APPAREMMENT, ELLE DEVAIT PARTIR À L'ÉTRANGER POUR LE BOULOT ET ELLE NE NOUS A JAMAIS DIT QUAND EST-CE QU'ELLE COMPTAIT REVENIR.
AVANT MÊME QUE JE NE ME FASSE À LA SITUATION, ELLE EST REPARTIE PRÉCIPITAMMENT, EN ME CONFIANT ISSEI.
ISSEI, TU VAS RENTRER DANS UNE NOUVELLE ÉCOLE, SUR CETTE PETITE ÎLE...
BONNE CHANCE, À TOI ! TU VERRAS, TOUT VA BIEN SE PASSER !

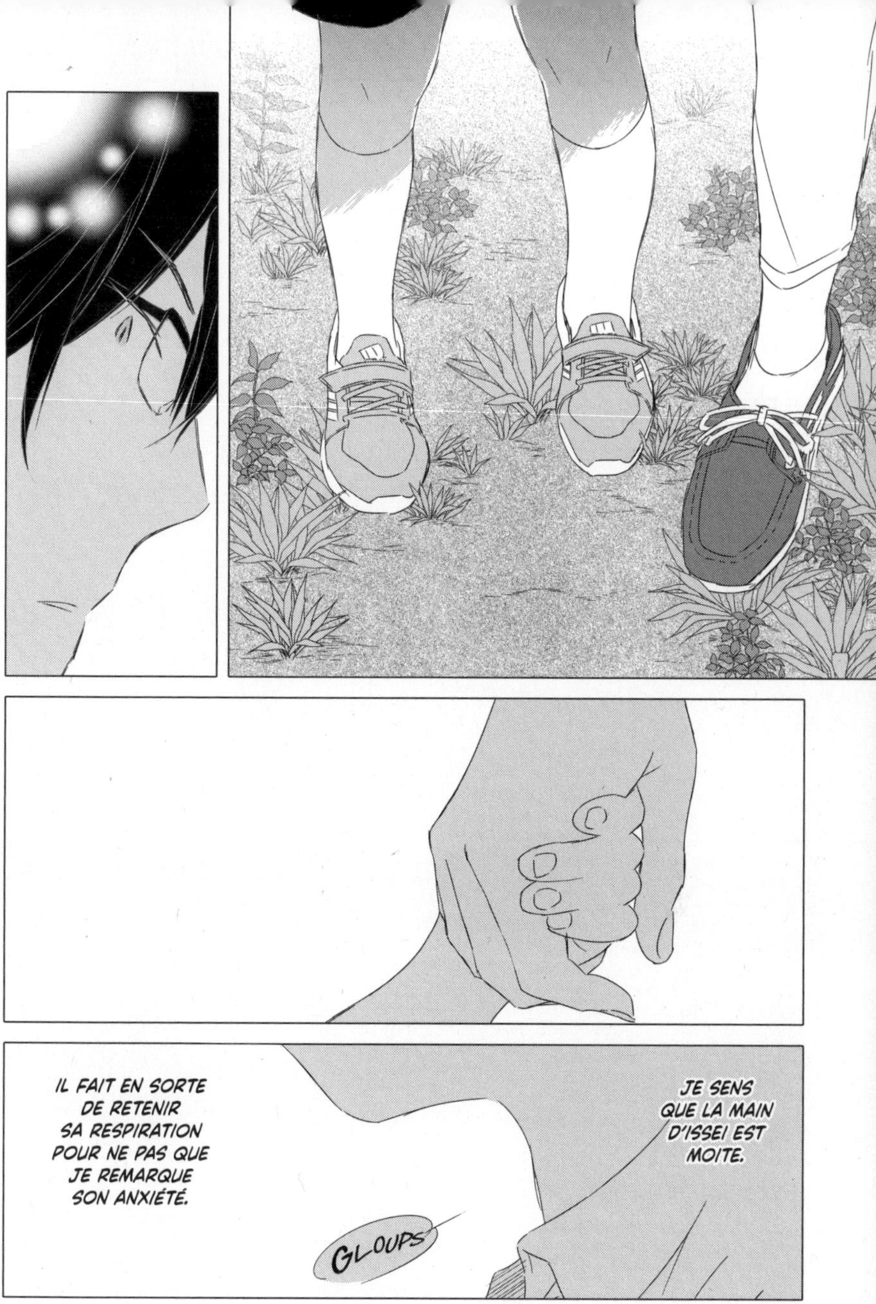
JE SENS QUE LA MAIN D'ISSEI EST MOITE.
IL FAIT EN SORTE DE RETENIR SA RESPIRATION POUR NE PAS QUE JE REMARQUE SON ANXIÉTÉ.
GLOUPS

C'EST VRAI... J'AI DU MAL À VOIR LES COMBATS QUE TU ES OBLIGÉ DE MENER EN TOI, MAIS TU POURRAS TOUJOURS COMPTER SUR MON SOUTIEN.
TU VEUX BIEN QUE TON PAPA RESTE À TES CÔTÉS ?
JE NE VOUDRAIS PAS TE DÉRANGER PENDANT QUE TU GRANDIS...
BIEN ! PAPA VA RENTRER ICI QUELQUES INSTANTS. TU M'ATTENDS BIEN SAGEMENT DEHORS, D'ACCORD ?
ACQUIESCE.

VEUILLEZ NOUS EXCUSER DE VOUS AVOIR FAIT VENIR À PIED !
L'INSTALLATION SE PASSE BIEN ?
OUI, MERCI... LE SEUL PROBLÈME, C'EST QUE JE N'AI PAS ENCORE DE CLIENTS POUR MON SALON.
VOTRE SALON ? JE PENSAIS PLUTÔT À VOTRE VIE AU QUOTIDIEN...
JE VOUS AVAIS BIEN DIT, DÈS LE DÉPART, QUE MONTER VOTRE PROPRE AFFAIRE SUR CETTE ÎLE ALLAIT ÊTRE EXTRÊMEMENT COMPLIQUÉ. JE VOUS AVAIS DIT QU'IL VALAIT MIEUX NE PAS VOUS PRÉCIPITER POUR VOUS INSTALLER ICI, MAIS VOUS ÊTES VENUS QUAND MÊME, SANS PRENDRE LE TEMPS DE LA RÉFLEXION.
À PARTIR DE MAINTENANT, IL FAUT VOUS OCCUPER EN PRIORITÉ D'ISSEI.
ELLE A RAISON... JE SUIS D'ACCORD...
ÇA NE VA PAS ÊTRE FACILE, MAIS C'EST VOTRE RÔLE...
DING DONG
DING DONG
BROUHAHA
TAP TAP TAP
TAP
ATTENTION ! ON NE COURT PAS DANS LES COULOIRS !
BLA BLA

T'ES QUI, TOI ?
EH ! JE TE PARLE !
QU'EST-CE QUE TU FICHES ICI ?
POURQUOI TU NE RÉPONDS PAS ?
T'ES EN QUELLE CLASSE ?
IL DOIT ÊTRE HYPER TIMIDE...
POURQUOI TU RESTES TOUT SEUL DANS CE COIN ?

ÇA VA ALLER, ISSEI... RAPPELLE-TOI, TU ES UN ENFANT INTELLIGENT !
TANT QUE TU NE CÈDES PAS À LA PANIQUE, TA MAMAN TE PROTÈGERA...

PARDON, ISSEI ! LA DISCUSSION AVEC LE DIRECTEUR A DURÉ PLUS LONGTEMPS QUE PRÉVU.
IL A UNE TÊTE BIZARRE, CELUI-LÀ...

VOICI ISSEI HARUTA. DÈS LA SEMAINE PROCHAINE, IL SERA DANS VOTRE ÉCOLE, ALORS JE VOUS LE CONFIE. MERCI D'AVANCE !
L'UN D'ENTRE VOUS SAURAIT ME DIRE OÙ JE POURRAIS ACHETER UN MICRO-ONDES ?

SUPERMARCHÉ SHINEN
JE N'AI PAS RÉUSSI À EMPLOYER LES BONS MOTS, TOUT À L'HEURE...
ズーン...
DOOM
ÇA VA BIENTÔT FAIRE UNE SEMAINE QUE NOUS SOMMES ARRIVÉS...

22:58
Recherche
Les écoles sur l'île de Haruta.
Transfert d'école sur l'île de Haruta.
L'école primaire de Haruta.
École de Haruta : fréquentation en baisse.
JE NE VOULAIS PAS MENER CE COMBAT À TA PLACE...
MAIS COMME TU RESTAIS FIGÉ, SANS RIEN DIRE, JE ME SUIS SENTI OBLIGÉ DE...
SUR NOTRE ÎLE, IL N'Y A PAS DE MAGASIN DE PRODUITS ÉLECTRIQUES. IL FAUT QUE VOUS ALLIEZ SUR L'ÎLE PRINCIPALE, OU AU MOINS UNE ÎLE PLUS GRANDE !
ENFIN... IL Y A QUAND MÊME UNE BOUTIQUE QUI VEND DES TRUCS RECYCLÉS, DEPUIS DES LUSTRES. VOUS EN TROUVEREZ PEUT-ÊTRE À CET ENDROIT.
MERCI BEAUCOUP.
PARDON, ISSEI. TON PAPA FAIT VRAIMENT TOUT DE TRAVERS... JE NE SAIS PAS CE QUE J'AURAIS DÛ DIRE À LA PLACE, MAIS EN TOUT CAS, CE N'ÉTAIT PAS L'IDÉAL DE PARLER DE NOS PROBLÈMES DOMESTIQUES.
Micro-ondes à prix spécial
2980 ¥

HEIN ?! C'EST PAS CHER DU TOUT...
Micro-ondes à prix spécial
2980¥
MAGASIN DE RECYCLAGE
URUYUI 結
ALORS, C'EST ICI, LE MAGASIN DE RECYCLAGE ?

VOILÀ ! SI SEULEMENT JE POUVAIS PRÉPARER DE BONS PETITS PLATS POUR ISSEI...
HAA... J'AI COMME L'IMPRESSION DE BASCULER DU RÔLE DE PÈRE À CELUI DE CANTINIER.
MAIS BON, C'EST VRAIMENT UNE AFFAIRE, CE MICRO-ONDES ! POURQUOI JE N'EN ACHÈTERAIS PAS UN ?
IL Y A PLUSIEURS MODÈLES BON MARCHÉ, EN PLUS...
¥380
UNE BOUTIQUE DE RECYCLAGE... MOI AUSSI, À UNE ÉPOQUE, J'AI TRAVAILLÉ DANS CE GENRE D'ENDROIT, EN TANT QU'ASSISTANT. CE N'ÉTAIT PAS FACILE TOUS LES JOURS...
PARFAIT ! GRÂCE À ÇA, JE VAIS POUVOIR PRÉPARER DE DÉLICIEUX REPAS POUR ISSEI !
EUH... EXCUSEZ-MOI ? PUIS-JE ACHETER CE MICRO-ONDES S'IL VOUS PLAÎT ?
LES SOUVENIRS ET LES ÉMOTIONS REFONT SURFACE.
ruta : fréquentation en baisse.
Haruta, un petit coin de paradis perdu.

Prix incroyable !!
3480 ¥

L'ARGENT DU MICRO-ONDES EST PASSÉ DANS LE VÉLO.

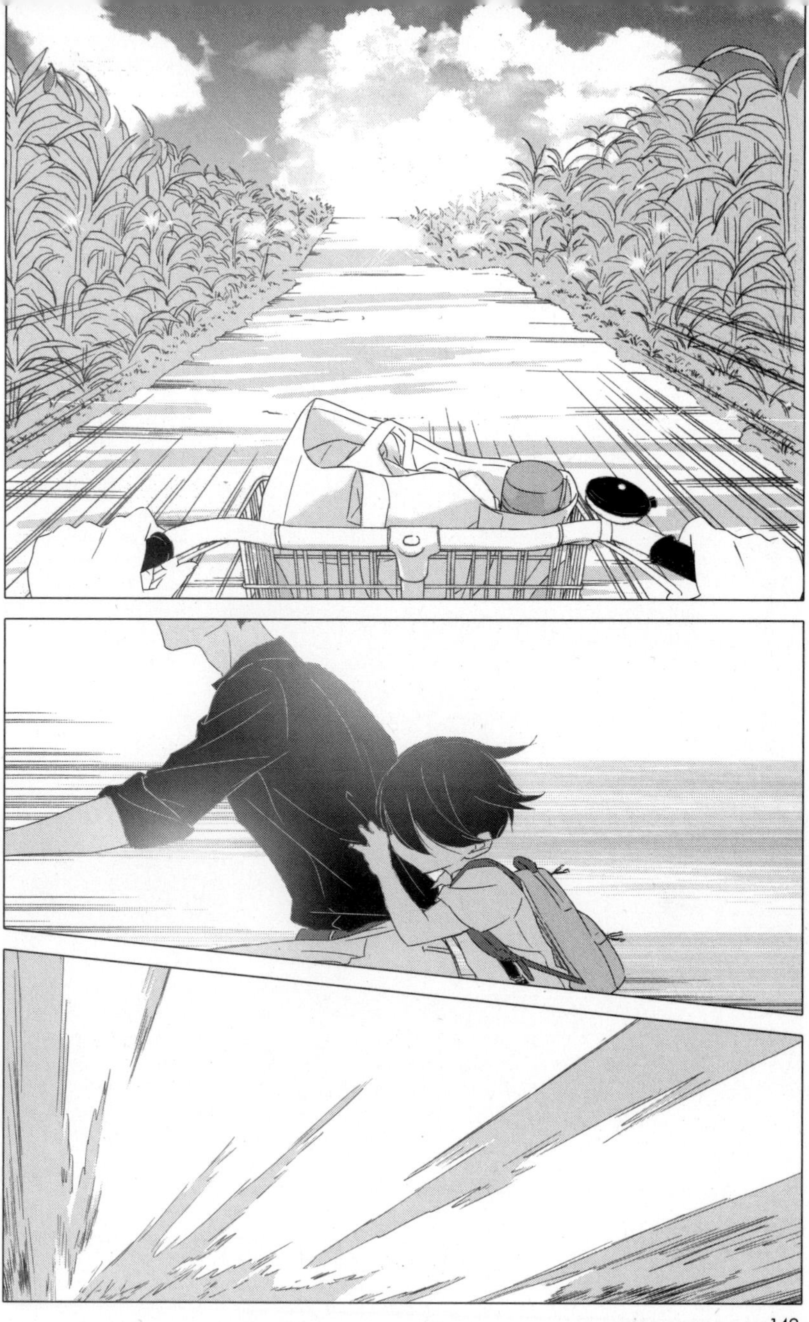

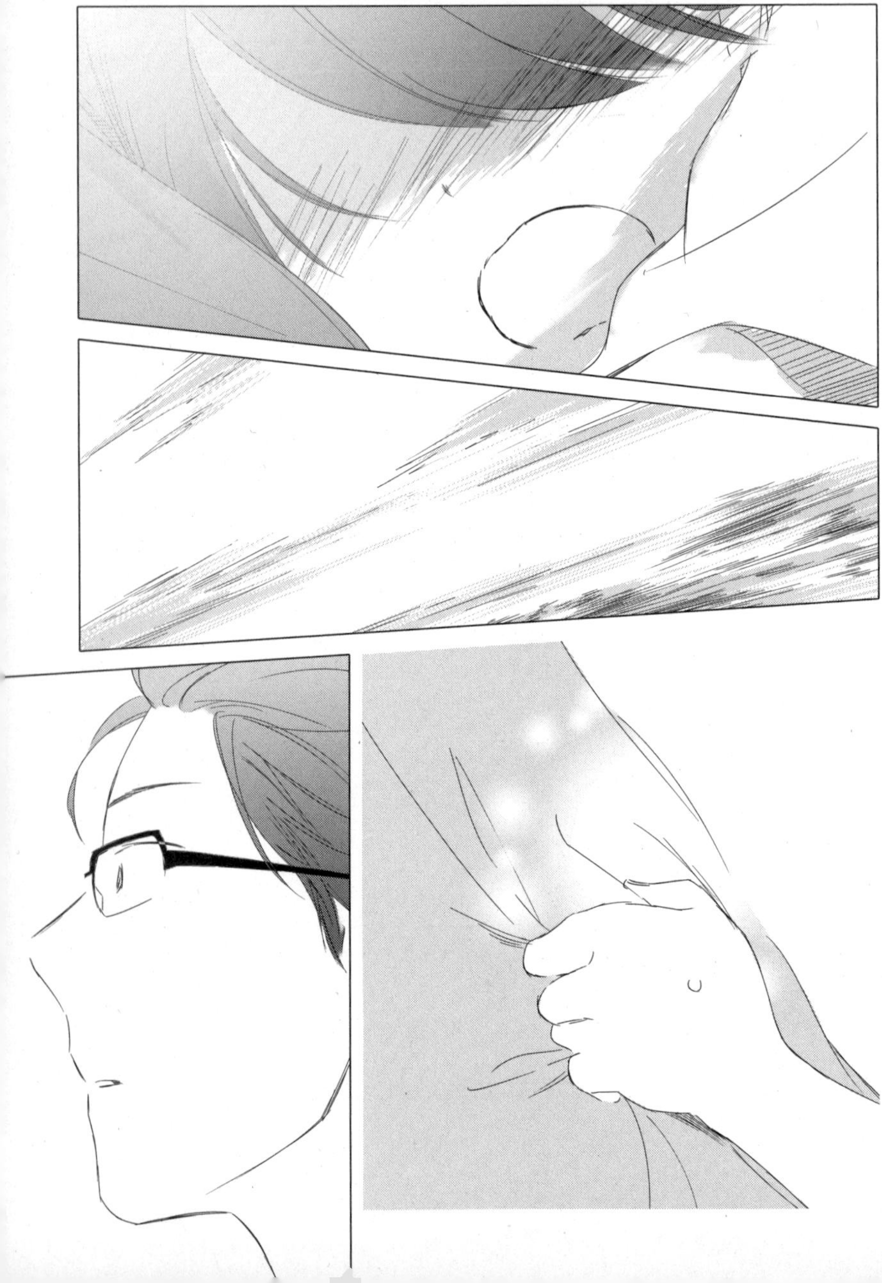

PAPA...

PAPA !

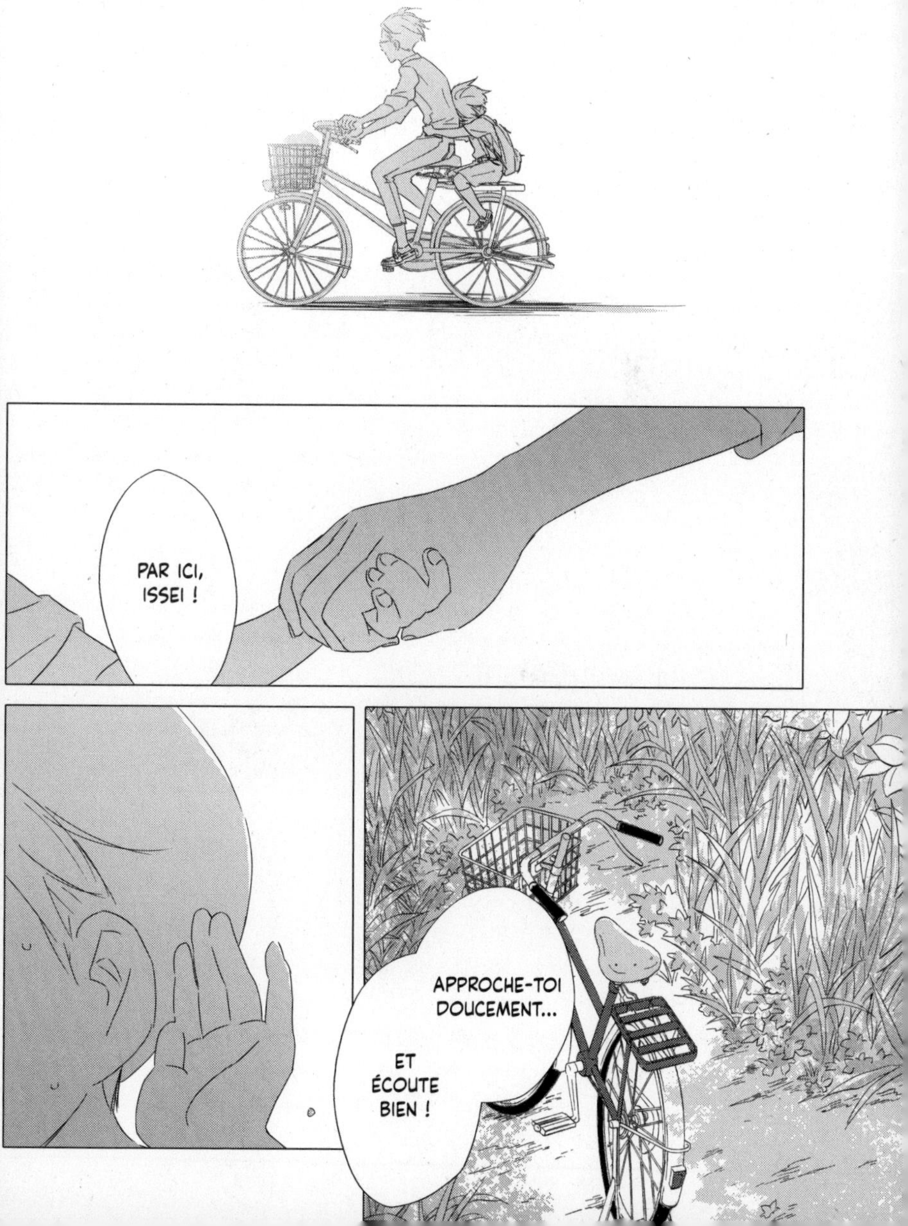
PAR ICI, ISSEI !
APPROCHE-TOI DOUCEMENT...
ET ÉCOUTE BIEN !

JE T'AI BIEN VU PLEURER, DANS LA COUR DE L'ÉCOLE, N'EST-CE PAS ?
DÉSOLÉ...
J'AVAIS LE DOS TOURNÉ, JE N'AI PAS VRAIMENT COMPRIS CE QUI ÉTAIT EN TRAIN DE SE PASSER.
JE N'AVAIS PAS REMARQUÉ LES EFFORTS QUE TU FAISAIS POUR ESSAYER DE RÉPONDRE À CES ENFANTS. ET SANS RÉFLÉCHIR...
JE SUIS INTERVENU DANS UNE DISCUSSION QUI NE ME CONCERNAIT PAS !
JE PENSAIS QUE TU PLEURAIS PARCE QUE TU N'ARRIVAIS PAS À PRONONCER LE MOINDRE MOT...
ALORS, LE CRI QUE TU AS POUSSÉ, À L'INSTANT...
C'ÉTAIT PEUT-ÊTRE POUR ME MONTRER QUE, TOI AUSSI, TU ÉTAIS CAPABLE DE T'EXPRIMER, NON ?
HAA... SI ÇA POUVAIT ÊTRE LE CAS...
JE SERAIS LE PLUS HEUREUX DES PÈRES.

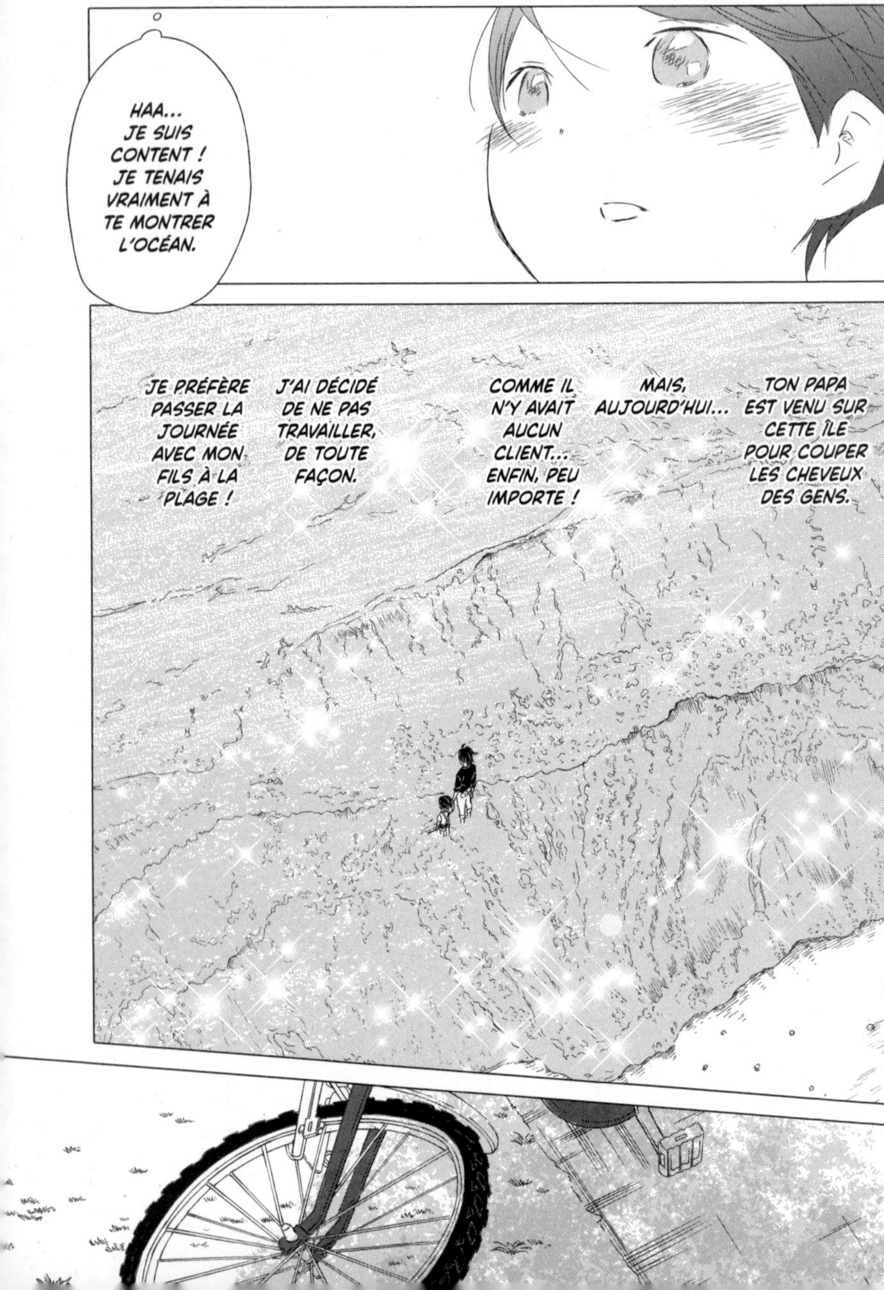
HAA... JE SUIS CONTENT ! JE TENAIS VRAIMENT À TE MONTRER L'OCÉAN.
TON PAPA EST VENU SUR CETTE ÎLE POUR COUPER LES CHEVEUX DES GENS.
MAIS, AUJOURD'HUI...
COMME IL N'Y AVAIT AUCUN CLIENT... ENFIN, PEU IMPORTE !
J'AI DÉCIDÉ DE NE PAS TRAVAILLER, DE TOUTE FAÇON.
JE PRÉFÈRE PASSER LA JOURNÉE AVEC MON FILS À LA PLAGE !

DES VÉLOS D'ENFANTS ?
OH...
HÉ ! VIENS ICI, TOI !
OUI, BON ! ÇA VA...
BOUH
BONJOUR ! NOTRE PRO-FESSEUR NOUS A AUTORISÉS À VENIR CHEZ VOUS ET NOUS A DONNÉ VOTRE ADRESSE !

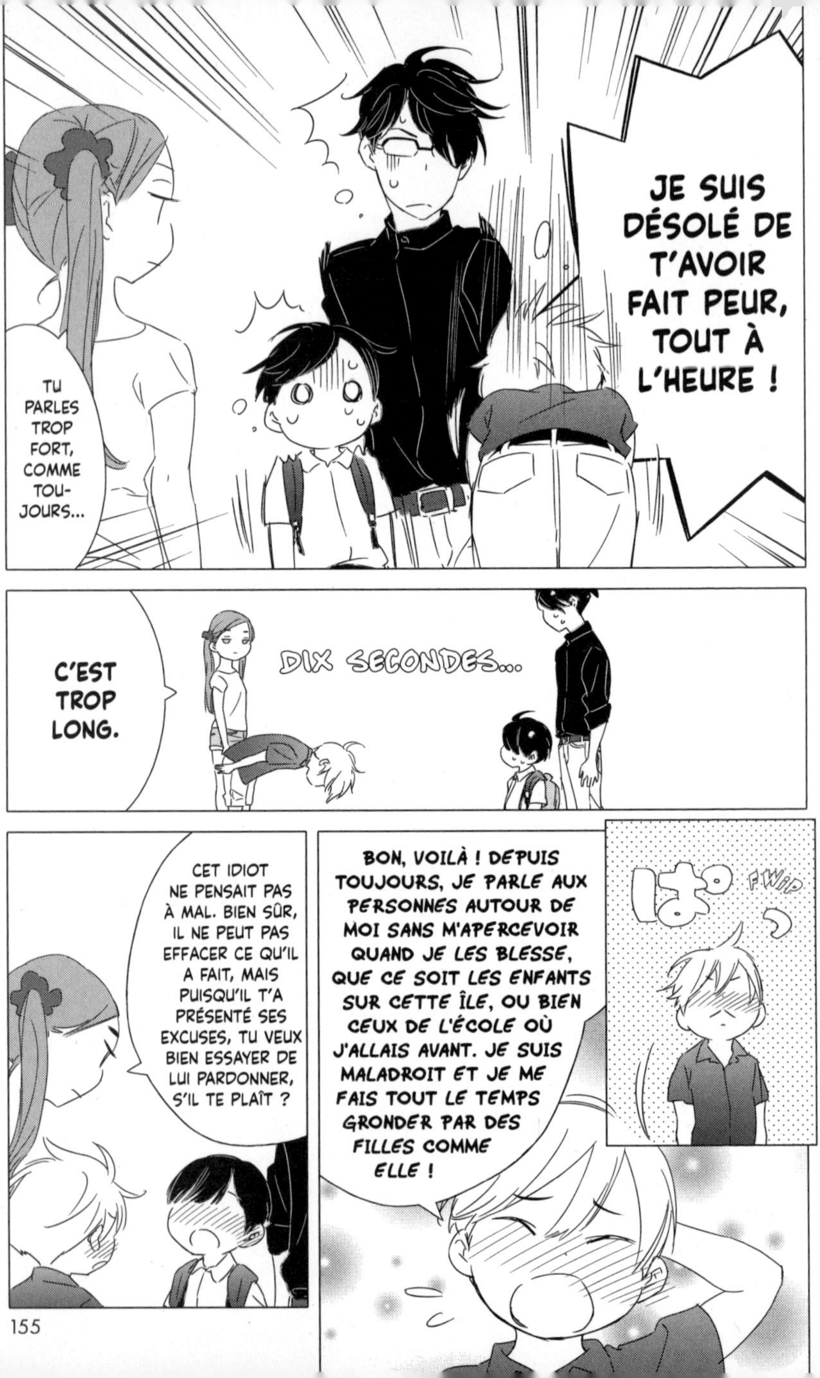
JE SUIS DÉSOLÉ DE T'AVOIR FAIT PEUR, TOUT À L'HEURE !
TU PARLES TROP FORT, COMME TOU-JOURS...
DIX SECONDES...
C'EST TROP LONG.
はっ
FWIP
BON, VOILÀ ! DEPUIS TOUJOURS, JE PARLE AUX PERSONNES AUTOUR DE MOI SANS M'APERCEVOIR QUAND JE LES BLESSE, QUE CE SOIT LES ENFANTS SUR CETTE ÎLE, OU BIEN CEUX DE L'ÉCOLE OÙ J'ALLAIS AVANT. JE SUIS MALADROIT ET JE ME FAIS TOUT LE TEMPS GRONDER PAR DES FILLES COMME ELLE !
CET IDIOT NE PENSAIT PAS À MAL. BIEN SÛR, IL NE PEUT PAS EFFACER CE QU'IL A FAIT, MAIS PUISQU'IL T'A PRÉSENTÉ SES EXCUSES, TU VEUX BIEN ESSAYER DE LUI PARDONNER, S'IL TE PLAÎT ?

HÉ ! ARRÊTE DE DIRE "ELLE" TOUT LE TEMPS ! JE SUIS TON AÎNÉE, JE TE RAPPELLE !
MOI NON PLUS, JE NE SUIS PAS NÉ SUR CETTE ÎLE, EXACTEMENT COMME TOI. MAIS CETTE FILLE, ELLE EST ORIGINAIRE D'ICI ! C'EST ELLE QUI ME FÉLICITE QUAND JE FAIS BIEN LES CHOSES ET ELLE ME CORRIGE QUAND JE FAIS DES BÊTISES. ELLE M'AIDE BEAUCOUP ! SOUVENT, JE NE ME RENDS PAS COMPTE DE CE QUE JE SUIS EN TRAIN DE FAIRE... TOI AUSSI, SI TU AS DES PROBLÈMES, N'HÉSITE PAS À T'ADRESSER À ELLE !
JE SUIS EN SIXIÈME ANNÉE ! VIENS ME VOIR QUAND TU VEUX !
PARDON, ON NE S'EST MÊME PAS ENCORE PRÉSENTÉS ! JE M'APPELLE KERI SAKURAKO ET JE SUIS DONC EN SIXIÈME ANNÉE.
ET MOI, C'EST JUNPE SUZUKI ! JE SUIS EN QUATRIÈME ANNÉE !
EUH... VOUS ÊTES SÛR QU'ON PEUT, MONSIEUR ?
MOI, JE N'AI PAS D'ARGENT !

QUAND VOUS ALLEZ CHEZ DES GENS, EN GÉNÉRAL, ON VOUS ACCUEILLE AVEC DES PETITS BISCUITS, N'EST-CE PAS ?
MALHEUREUSEMENT, JE N'AI AUCUN GÂTEAU À VOUS OFFRIR, ALORS JE VOUS PROPOSE UNE PETITE COUPE DE CHEVEUX À LA PLACE.
JE RÊVE ! C'EST LA PREMIÈRE FOIS QUE JE ME FAIS COUPER LES CHEVEUX PAR UN PROFESSIONNEL !
CHEZ MOI, MA MAMAN VEUT TOUJOURS QUE JE M'ATTACHE LES CHEVEUX POUR DÉGAGER MA FRANGE DE DEVANT LES YEUX !
DITES ! VOUS POURRIEZ ME FAIRE LA MÊME COUPE QUE LA PRINCESSE☆ASTAR, DE LA SÉRIE POUR L'AMOUR DE MAJIO ?!
REGARDEZ !
ET MOI, JE VEUX RESSEMBLER À RYUTO DE BATTLE WARRIOR !
Ryuto le soldat de flamm

AUCUN PROBLÈME ! J'AI PASSÉ LES DIPLÔMES QU'IL FAUT POUR DEVENIR COIFFEUR VISAGISTE. VOUS POUVEZ ME FAIRE CONFIANCE.
AUJOURD'HUI, ON VA SE CONTENTER DE QUELQUE CHOSE DE SIMPLE. JE NE VOUDRAIS PAS AVOIR D'ENNUI AVEC VOS PARENTS OU VOTRE ÉCOLE, LES ENFANTS !
IL NE VA PAS UTILISER SES CISEAUX, ALORS ?
MAIS LORSQUE VOS PARENTS M'AURONT DONNÉ LEUR ACCORD, JE POURRAI SATISFAIRE VOTRE DEMANDE. ÇA VOUS VA COMME ÇA ?
IL N'EST PAS QUESTION QUE JE VOUS FASSE UNE PERMANENTE. VOUS DEVREZ VOUS CONTENTER D'UN BRUSHING, D'ACCORD ?
C'EST BON POUR NOUS !
FWIP

ISSEI ! REMPLIS LES BOLS DE RIZ, S'IL TE PLAÎT !
J'ARRIVE À PRÉPARER UN BON DÎNER, MÊME SANS MICRO-ONDES. IL SUFFIT DE PRENDRE SON TEMPS ET DE MAÎTRISER LES BASES DE LA CUISINE !
UNE ACTIVITÉ QUE L'ON POURRAIT PEUT-ÊTRE FAIRE ENSEMBLE…
ISSEI ?

TU AS SURMONTÉ BEAUCOUP DE TES PEURS, AUJOURD'HUI... JE SUIS FIER DE TOI !
TON PAPA EST FATIGUÉ ! JE N'AVAIS PAS FAIT DE VÉLO DEPUIS LA FAC ET IL FAUT DIRE QUE TU N'ES PAS TRÈS LÉGER, ÉTONNAMMENT...
AU FINAL, NOUS N'AVONS PAS ENCORE DE MICRO-ONDES. MAIS GRÂCE À LA BICYCLETTE QUE J'AI ACHETÉE, ISSEI ET MOI AVONS PU VOIR LA MER.
MÊME SI JE N'AI PAS EU DE VRAIS CLIENTS AUJOURD'HUI...
JE SUIS TOUT DE MÊME HEUREUX D'AVOIR PU COUPER LES CHEVEUX...
DE TES DEUX NOUVEAUX AMIS !
MERCI À EUX POUR CETTE OPPORTUNITÉ.
À SUIVRE

Épisode 4
En route pour l'école

Cette vie auprès de toi 1

Dessin :
Minami KATO, Mayu TANAKA, Rie MAKITA, Yuki ODA,
Chika AMAMIYA, Kotori SEIYA, Risa RYUTAKU, Shin TAKAHASHI.

Graphisme :
Minami KATO, Rie MAKITA, Yujin MIYAKE,
Suzuka NAKAMURA, Kotori SEIYA, Risa RYUTAKU, Shin TAKAHASHI.

Colorisation :
Chie OKUNISHI, Shin TAKAHASHI.

Supervision :
Shin TAKAHASHI.

Rédaction :
Naoko TAKEDA (SHISENSHA),
Noro KAWAKI (institut de recherche sur la littérature moderne).

Design :
TUMMY.

Études du dialecte local :
Shimabukuro HIROYUKI.

Contributions diverses :
hair salon fam, tous ceux qui habitent sur des îles lointaines,
ainsi que leurs chats.

C'EST... AGRÉABLE.
FRR FRR
BATAM

・・とり
うっ
C'est… agréable.
WOOOSH
ザ"
ザ"
WOOOSH
ザ"・・・

AOW
AOW
AOW
ET VOILÀ !
N.
PRO
ARIMINO

C'EST AUJOURD'HUI QUE TU FAIS TA RENTRÉE.
Épisode 4
En route pour l'école

EN TANT QUE COIFFEUR, JE SUIS TOUJOURS TRÈS OCCUPÉ, LE MATIN.
Coiffeur - Visagiste
Je suis venu pour vous couper les cheveux
LA VEILLE, EN GÉNÉRAL, JE M'ENTRAÎNE BEAUCOUP, DE LA FERMETURE DE LA BOUTIQUE JUSQU'À TARD DANS LA NUIT, À RÉUSSIR DIVERSES COUPES. À TEL POINT QU'IL NE ME RESTE PLUS QUE...
LE PETIT JOUR POUR FAIRE LE MÉNAGE !
QUEL TEMPS MAGNIFIQUE !
D'ABORD, JE DOIS PLIER LES SERVIETTES QUE J'AI ÉTENDUES LA VEILLE...
PUIS, JE PASSE LE BALAI...
JE FAIS PARTICULIÈREMENT ATTENTION À LA PROPRETÉ DES MIROIRS ET DES TOILETTES.
PARFOIS, LES CLIENTS SONT INCOMMODÉS PAR L'ODEUR DE L'AIR CONDITIONNÉ, ALORS JE NETTOIE MÉTICULEUSEMENT LES FILTRES.

ENFIN, SI J'AI DES RÉSERVATIONS, JE PRÉPARE TOUS LES PRODUITS ET USTENSILES NÉCESSAIRES POUR RÉALISER PERMANENTES ET COLORATIONS.
À L'ÉPOQUE OÙ JE FILAIS UN COUP DE MAIN AU SALON DE RYOTA, À TOKYO...
NOUS AVIONS UNE STYLISTE ET DES ASSISTANTS POUR NOUS AIDER À SATISFAIRE NOTRE PUBLIC.
CHAQUE MATIN, NOUS NOUS RÉUNISSIONS POUR DISCUTER, ENTRE AUTRES, DES CLIENTS DE LA JOURNÉE.
ENFIN BREF... MA BOUTIQUE N'A TOUJOURS PAS L'AIR CONDITIONNÉ, MAIS ÇA PASSE ENCORE ! LE PROBLÈME, C'EST QUE PERSONNE NE VIENT !
FLAP
FLAP
TOUT ÇA ME TROTTE DANS LA TÊTE ET JE COMMENCE À M'INQUIÉTER...
ALORS, EN ATTENDANT, JE M'APPLIQUE EN FAISANT LE MÉNAGE ET MES EXERCICES.
FFF
LES PRÉPARATIFS SONT TERMINÉS !!
C'EST DÉJÀ ÇA !
...
SNIF

IL NE FAUT PAS QUE JE ME LAISSE DISTRAIRE !
JE DOIS ENCORE TERMINER DE PRÉPARER LE PETIT-DÉJEUNER ET...
POURQUOI AI-JE L'IMPRESSION QUE QUELQUE CHOSE CLOCHE, CE MATIN ?
J'AI L'ESPRIT PERTURBÉ, AUJOURD'HUI ! J'ÉPROUVE COMME UNE SORTE DE MALAISE...
STOP ! ÇA SUFFIT ! JE N'AI PAS LE TEMPS DE ME LAISSER ALLER À CE GENRE DE FANTAISIE !
AUJOURD'HUI, C'EST UN JOUR IMPORTANT POUR ISSEI.
EN GUISE DE PETIT-DÉJEUNER, JE VAIS RÉCHAUFFER LES RESTES D'HIER, AUXQUELS JE RAJOUTERAI DES LÉGUMES...
EST-CE QUE J'Y METS AUSSI DE LA SALADE ?
VOILÀ ! LE CUISEUR À RIZ EST EN MARCHE.
ENSUITE, IL ME FAUT DE LA SOUPE MISO...
PUIS, DES ŒUFS...
AH, J'OUBLIAIS ! À PARTIR D'AUJOURD'HUI, JE DOIS AUSSI LUI PRÉPARER UNE GAMELLE POUR LE REPAS DU MIDI !
ISSEI ! POUR LE DÉJEUNER, TU...
CLANG
QUOI ?! IL EST ENCORE EN PYJAMA ?!

DIS-MOI, ISSEI...
QU'EST-CE QUE JE POURRAIS FAIRE POUR T'AIDER À TE SENTIR MIEUX ?
C'EST DÉCIDÉ ! JE VAIS LUI PRÉPARER TOUT CE QU'IL AIME POUR SA GAMELLE DE MIDI !
J'AI DE NOUVEAU L'IMPRESSION D'ÊTRE UN EMPLOYÉ DE CANTINE...
SPAM
C'EST UNE CHANCE ! MÊME SI ELLE EST UN PEU VIEILLE, LA CUISINE FONCTIONNE TRÈS BIEN. ON NE PEUT PAS EN DIRE AUTANT DES AUTRES PIÈCES DE CETTE MAISON...
MERCI À MES PRÉDÉCESSEURS, QUI M'ONT LAISSÉ PLEIN DE TRUCS...
EXCEPTÉ LEUR MICRO-ONDES.
Mlle SATOMI, DE LA MAIRIE.
IL PARAÎT QU'IL Y AVAIT UN CAFÉ ICI, AUTREFOIS.
E VOUS DIS ÇA, MAIS C'ÉTAIT AVANT QUE JE N'ARRIVE MOI-MÊME SUR CETTE ÎLE !
IL Y A PLUS DE DIX ANS...

ET PUIS UN JOUR, UN MONSIEUR EST ARRIVÉ D'OSAKA. IL A ACHETÉ LE TERRAIN ET IL Y A CONSTRUIT CETTE MAISON ÉTRANGE, DANS LE PROJET D'OUVRIR UN TROQUET. AU FINAL, IL N'EST RESTÉ QU'UN AN OU DEUX, PAS PLUS.
C'EST LUI QUI VOUS A LAISSÉ TOUTE SA VAISSELLE ET SES USTENSILES DE CUISINE.
SNIF SNIF
ISSEI ET MOI, NOUS LUI EN SOMMES VRAIMENT RECONNAISSANTS. MAIS QUELLE TRISTESSE POUR TOUS CES OBJETS, D'ÊTRE AINSI ABANDONNÉS...
INQUIÉTEZ-VOUS PLUTÔT POUR VOTRE PROPRE SITUATION, ÇA VAUDRAIT MIEUX...
NOUS SOMMES ASSEZ LOIN DE L'ÎLE PRINCIPALE, ALORS ON NE PEUT PAS DIRE QUE LE COMMERCE SOIT FLORISSANT, PAR CHEZ NOUS...
ALORS, MONTER UN CAFÉ, VOUS PENSEZ BIEN QUE...
MAIS POURTANT, LA MER EST SPLENDIDE, ICI ! ON A DE VASTES CHAMPS À EXPLORER ET LES RUES, DANS LE STYLE TRADITIONNEL D'OKINAWA, VALENT LE COUP D'ŒIL...
RIEN D'EXTRAORDINAIRE, POUR UNE ÎLE COMME LA NÔTRE. C'EST PLUS OU MOINS LA MÊME CHOSE UN PEU PARTOUT AILLEURS.
...

AU FAIT, MADEMOISELLE SATOMI ? POURQUOI ÊTES-VOUS VENUE VOUS INSTALLER SUR CETTE ÎLE ?
C'EST UNE BONNE QUESTION...
COMME JE CRAINS LE FROID, ALLER DANS LE NORD M'ÉTAIT IMPOSSIBLE. ALORS, IL NE ME RESTAIT PLUS QU'À PARTIR POUR LE SUD, J'IMAGINE.
ELLE EST VRAIMENT PLONGÉE DANS SES RÉFLEXIONS...
JE NE M'ATTENDAIS PAS À CE QU'ELLE SE METTE À RÉFLÉCHIR AVEC AUTANT DE SÉRIEUX À MA QUESTION. JE SUIS GÊNÉ, MAINTENANT...
ALLEZ ! JE DOIS ME DÉPÊCHER ! J'AI DÉJÀ PERDU ASSEZ DE TEMPS COMME ÇA...
IL ME FAUT DES LÉGUMES ET DES ŒUFS...
J'ESPÈRE QU'IL Y EN AURA À VENDRE, À L'ÉTAL EN LIBRE-SERVICE...
OH ! BONJOUR, JE...
JE VOUS AI DÉJÀ DIT QUE JE NE VOULAIS PAS QU'ON ME COUPE LES CHEVEUX !

BOF... JE SUIS HABITUÉ À LA MAUVAISE HUMEUR DE MON VOISIN, LE PAPI GRINCHEUX, DÉSOR-MAIS. NOUS N'AVONS TOUJOURS PAS BRISÉ LA GLACE.
JE COMPRENDS. SI JAMAIS VOUS CHANGEZ D'AVIS, N'HÉSITEZ PAS À VENIR ME VOIR.
JE VOUS FERAI LA COUPE QUI VOUS CONVIENDRA LE MIEUX, MONSIEUR !
MES CHEVEUX ME PLAISENT TRÈS BIEN COMME ILS SONT !
JE N'AI ABSOLUMENT PAS BESOIN D'UNE DE CES PERMANENTES RIDICULES QUE VOUS ARBOREZ FIÈREMENT, VOUS AUTRES MÉTRO-POLITAINS !
TÊTU !
JE VOUS ENTENDS PARFAITEMENT, MAIS JE ME PERMETS QUAND MÊME DE VOUS DIRE QUE JE SUIS UN PRO-FESSIONNEL. J'AI TOUS MES DIPLÔMES !
DANS LES DENTS !
AH ! VEUILLEZ M'EXCUSER ! AUJOURD'HUI, MON FILS FAIT SA RENTRÉE À L'ÉCOLE, ALORS J'AI DÉCIDÉ DE FERMER LE SALON POUR LA MATINÉE. AU CAS OÙ VOUS AURIEZ SOUHAITÉ PASSER À CE MOMENT-LÀ...
JE NE VEUX PAS ! COMBIEN DE FOIS IL FAUDRA QUE JE VOUS LE DISE ?

N'EMPÊCHE, JE ME DEMANDE BIEN POURQUOI VOUS AVEZ AMENÉ VOTRE ENFANT ICI...
IL A DÛ VOUS ARRIVER DES BRICOLES, À TOKYO, J'EN SUIS SÛR.
JE NE CONNAIS PAS VOTRE HISTOIRE, ÉVIDEMMENT, MAIS...
JE ME DOUTE QUE, POUR FORCER UN PETIOT À VENIR SE CLOÎTRER DANS UNE ÎLE SI PETITE, C'EST QU'IL DOIT Y AVOIR UN SOUCI AVEC LUI, NON ?
CE N'EST PAS ISSEI QUI A UN PROBLÈME...
C'EST MOI !

BONJOUR
CLANG
J'AI BIEN COMPRIS QUE CERTAINES PERSONNES ÉTAIENT GRINCHEUSES, PAR NATURE... MAIS ÇA N'EMPÊCHE PAS D'ÊTRE POLI, TOUT DE MÊME...
POF
POF
JE SUIS COIFFEUR VISAGISTE.
BONJOUR...
すい
FWIP
D'ABORD, PETIT-DÉJEUNER ...
PUIS, LA VAIS-SELLE...
ET ENFIN, L'UNIFORME DE L'ÉCOLE !
ET VOILÀ ! NOUS SOMMES PRÊTS !

BIEN !
ON A PERDU UN PEU DE TEMPS, CE MATIN, ALORS ON FERAIT MIEUX D'Y ALLER MAINTENANT, D'ACCORD ?
ALLEZ ! C'EST PARTI !

ÇA VA, ISSEI ? DÉSOLÉ DE TE FORCER À MONTER AVEC MOI SUR LE VÉLO, MAIS ON N'A PAS LE CHOIX !
Hii
Hii

TU VERRAS, POUR LA PAUSE DÉJEUNER...
JE T'AI PRÉPARÉ TON PLAT PRÉFÉRÉ !
J'ESPÈRE QUE ÇA TE FAIT PLAISIR !
ACQUIESCE
ISSEI...
TU SAIS, JE...
ECOLE PRIMAIRE DE HA

アハハハ
AH HA HA HA
ザワザワ..
BLA BLA
ワァッ
OUAH
BROUHAHA
ざわざわ.
TU AS LA MAIN MOITE, ISSEI...
QU'EST-CE QUE JE POURRAIS FAIRE POUR T'AIDER À SURMONTER TON STRESS ?
JE VOUDRAIS BIEN AVOIR UN ENFANT DE TOI...

DÉSOLÉE, ÇA VA ÊTRE COMPLIQUÉ. TU SAIS, ON NE PEUT PAS DIRE QUE J'AI GRANDI DANS UN FOYER REMPLI D'AMOUR...
ÇA EXPLIQUE SÛREMENT POURQUOI JE NE SUIS PAS VRAIMENT ATTIRÉE PAR L'IDÉE DE ME MARIER OU DE FONDER UNE FAMILLE.
MAIS ENFIN, APRÈS TOUT, MÊME SI C'EST DIFFICILE...
JE VEUX BIEN ESSAYER D'ÉLEVER UN ENFANT AVEC TOI.
TOI ET MOI...
PEU IMPORTE LES EFFORTS QUE NOUS FAISONS, NOUS FINISSONS TOUJOURS PAR AVOIR DU CHAGRIN, INÉVITABLEMENT.
TU ES ENCORE SI PETIT...
DIRE QU'À CAUSE DE TES PARENTS, TU AS DÛ TRAVERSER TOUTES CES ÉPREUVES !
TU AS PAYÉ LE PRIX DE NOS ERREURS...
SURTOUT DES MIENNES !
GRAB

BONJOUR !
C'EST LE GRAND JOUR, N'EST-CE PAS ? BIENVENUE !
TIENS ?
C'EST ÉTRANGE ! JE N'ENTENDS PAS TRÈS BIEN CE QU'IL DIT...
ISSEI...
ÇA VA ALLER, SI JE TE LÂCHE LA MAIN ?

OH...
SI ÇA SE TROUVE, CE N'ÉTAIT PAS TOI QUI AVAIS LES MAINS MOITES...
C'ÉTAIT PEUT-ÊTRE MOI, ALORS...
OUI, C'EST ÇA.
GRAM
N'Y ALLEZ PAS !
VOUS DEVEZ LE LAISSER, MAINTENANT.
JE SAIS QUE C'EST COMPLIQUÉ, AU DÉBUT, MAIS IL EST IMPORTANT D'ACCEPTER LA SÉPARATION.
S'IL VOUS PLAÎT... POURRAIS-JE RESTER UN MOMENT AVEC LUI ?

RIEN QU'UN INSTANT, PAR PITIÉ !

IMPOSSIBLE ! LES PARENTS NE SONT PAS AUTORISÉS...
À RESTER AVEC LEURS ENFANTS !

MÊME LES ENFANTS QUI VIENNENT D'ARRIVER DANS NOTRE ÉCOLE DOIVENT ÊTRE LAISSÉS SEULS.
C'EST À CHACUN D'ENTRE EUX DE SURMONTER LEUR ANGOISSE ET FAIRE L'EFFORT DE S'ADAPTER À LA VIE QUOTIDIENNE SUR NOTRE ÎLE.
HAA...
JE SUIS RIDICULE...
VEUILLEZ M'EXCUSER.
NE VOUS EN FAITES PAS !
VOUS VOUS RETROUVEREZ CET APRÈS-MIDI, LORSQU'ISSEI AURA FINI LES COURS. VOUS NE RESTEREZ PAS LONGTEMPS TOUT SEUL.

MONSIEUR HARUTA EST BARBIER, N'EST-CE PAS ?
NON, MONSIEUR LE DIRECTEUR A DIT QU'IL ÉTAIT COIFFEUR VISAGISTE.
MADEMOISELLE HADOKA, VOUS AIMERIEZ PEUT-ÊTRE VOUS FAIRE COUPER LES CHEVEUX, NON ?
NON MERCI ! JE N'AI PAS BESOIN DES SERVICES D'UN COIFFEUR VENU DE TOKYO ! C'EST TOUJOURS MA MÈRE QUI ME LES COUPE POUR ÉGALISER LES POINTES ET ÇA ME SUFFIT AMPLEMENT.
MAIS POURQUOI VOUS N'IRIEZ PAS VISITER SON SALON VOUS-MÊME, MONSIEUR LE DIRECTEUR ?
MOI... DANS UN SALON DE COIFFURE ?! JE VOUS RAPPELLE QUE J'AI DÉJÀ DÉPENSÉ 1000 YENS POUR UNE COUPE, LORSQUE JE SUIS ALLÉ ASSISTER À UNE RÉUNION SUR L'ÎLE PRINCIPALE.
MA FEMME NE VOULAIT PAS S'EN CHARGER, VOUS COMPRENEZ ?
JE N'AVAIS PAS TROP LE CHOIX...
GRATTE
M. HARUTA EST UN COIFFEUR VISAGISTE PROFESSIONNEL. IL A TOUS LES DIPLÔMES, VOUS SAVEZ ?
AH...
VRAIMENT ?
ドキドキ
BOBOUM
...
MAINTENANT QUE J'Y PENSE, MA FRANGE A BIEN POUSSÉ, CES DERNIERS TEMPS...

ÇA Y EST, LA PREMIÈRE HEURE DE COURS EST TERMINÉE...
ET MAIN-TENANT, LA DEUXIÈME HEURE...
TROISIÈME HEURE...
QUATRIÈME HEURE...
COURAGE, ISSEI...
C'EST BIENTÔT L'HEURE DE LA PAUSE DÉJEUNER !
POUR QUE TU PUISSES REPRENDRE DES FORCES...
JE T'AI PRÉPARÉ LE REPAS QUE TU AIMES TANT, DEPUIS QUE NOUS SOMMES ARRIVÉS ICI. J'AI FAIT DES ONIGIRI AVEC DU PORC ET DES ŒUFS.
ÇA TE CONVIENT ?
J'ESPÈRE QUE TU NE SERAS PAS TROP DÉÇU PAR LA GAMELLE QUE T'A PRÉPARÉE TON PAPA, EN LA COMPARANT À CELLE DES AUTRES...
DÉSOLÉ.

J'ESPÈRE AU MOINS QUE LE PLAT A BON GOÛT...
EST-CE QUE ÇA T'A PLU ?
TU TE SENS MIEUX, APRÈS AVOIR MANGÉ ?
MOI AUSSI, JE SUIS EN TRAIN DE MANGER, MAIS...

JE N'ÉPROUVE AUCUN PLAISIR...
AVEC CE QUI SE TROUVE DANS MON ASSIETTE...
HAA...
DOOOM
DOOM

SANS DOUTE PARCE QUE JE VIENS DE COMPRENDRE LA CAUSE DE CETTE DOULEUR LANCINANTE QUI ME DÉCHIRE LA POITRINE DEPUIS CE MATIN...
CE QUE J'ÉPROUVE POUR TOI...

EST-CE QUE TOUS LES PARENTS ÉPROUVENT CETTE MÊME SENSATION D'IMPUISSANCE ?

Biiip
...
14:21
Ryota
(1 nouveau message).
...
MIAOU
FWAP
BLOP
Ohé ! Ça fait une semaine que tu ne m'as pas donné de nouvelles ! J'en pouvais plus d'attendre, alors voilà, c'est moi qui t'écris !
BLOP
Je me suis dit que, même si t'avais des soucis, tu n'oserais pas m'en parler et que je risquais d'attendre à jamais que tu te décides à me contacter !
BLOP
Tu as toujours été aussi insensible !!

SCHTOUM
Je vais bien…
…
SCHTOUM
Merci beaucoup.
BLOP
N'en fais pas trop, d'accord ? Ménage-toi, surtout !
SCHTOUM
Tout va bien. Je fais ce que je peux pour qu'Issei ne subisse pas le moindre stress.
Idiot ! Pense un peu à toi, aussi !

HEIN ? POURQUOI IL ME DIT ÇA ? JE NE...
TOC
TOC
IL N'Y A PERSONNE, OU QUOI ?!
HÉ OH !
HA !
CLANG
Excuse-moi ! Un client vient d'arriver…
ALLEZ ! BUVONS UN COUP !
PARDON ? MAIS, EUH... LE SALON EST ENCORE OUVERT ET...
CLING
PEU IMPORTE ! IL FAUT BIEN FÊTER VOTRE ARRIVÉE SUR CETTE ÎLE.
J'AI PAS RAISON ?
POURQUOI PAS ?
PAS DE CLIENT, ALORS APRÈS TOUT, QU'EST-CE QUE ÇA CHANGE ?
RIEN DU TOUT, EN FAIT...
PSCHITT

Orion
DRAFT BEER
EN BUVANT CETTE BIÈRE, J'AI L'IMPRESSION D'ÊTRE UN AMÉRICAIN.
J'AIME BEAUCOUP CES PETITES BOUTEILLES !
MAIS D'HABITUDE, JE BOIS PLUTÔT DE L'AWAMORI.
QUOI ? POURQUOI TU FAIS CETTE TÊTE, L'AMI ?
C'EST L'ALCOOL, HEIN ?
JE VIENS DE ME RENDRE COMPTE... QUE C'EST LA PREMIÈRE FOIS, DEPUIS QUE NOUS NOUS SOMMES RENCONTRÉS, IL Y A UNE SEMAINE, QUE JE VOUS VOIS SOURIRE.
WOOOSH
TU ES PEUT-ÊTRE SURPRIS PAR L'ATTITUDE DE TES VOISINS À TON ÉGARD, JE ME TROMPE ? IL FAUT QUE TU NOUS PARDONNES...

ICI, NOUS ACCUEILLONS DEPUIS TOUJOURS LES GENS DE LA MÉTROPOLE !
IL EN VIENT SANS CESSE...
APRÈS TOUT, C'EST NORMAL, POUR NOUS AUTRES INSULAIRES, DE RECEVOIR COMME IL SE DOIT LES INVITÉS DE L'EXTÉRIEUR.
ON APPELLE CELA L'HOSPITALITÉ... J'IMAGINE QUE ÇA EXISTE AUSSI, À LA CAPITALE.
L'ENVIE D'AIDER SON PROCHAIN ET DE TISSER DES LIENS ENTRE VOISINS EST ENCORE FORTEMENT IMPLANTÉE DANS NOTRE CULTURE...
UN JOUR, UN NOUVEAU VOISIN A EMMÉNAGÉ ET NOUS LUI AVONS RÉSERVÉ LE MEILLEUR ACCUEIL POSSIBLE, COMME À NOTRE HABITUDE.
ÇA DEVAIT ÊTRE DIFFICILE POUR LUI DE S'ACCLIMATER À SA NOUVELLE VIE...
C'EST CE QUE NOUS PENSIONS TOUS...
SE RETROUVER TOUT SEUL SUR CE PETIT BOUT D'ÎLE, SANS AUCUN MOYEN !
OH ! BIEN SÛR, NOUS N'ESPÉRIONS PAS FAIRE DE SA VIE CHEZ NOUS UN PARADIS, MAIS...
CHACUN DE NOUS A FAIT DES EFFORTS POUR LUI ÊTRE AGRÉABLE.

IL DISAIT AIMER CETTE ÎLE...
ET VOULOIR Y RESTER JUSQU'À SA MORT.
ET PUIS UN JOUR, UN MONSIEUR EST ARRIVÉ D'OSAKA. IL A ACHETÉ LE TERRAIN ET IL Y A CONSTRUIT CETTE MAISON ÉTRANGE, DANS LE PROJET D'OUVRIR UN TROQUET. AU FINAL, IL N'EST RESTÉ QU'UN AN OU DEUX, PAS PLUS.
MAIS, COMME TOUS CEUX VENUS AVANT LUI, IL N'A PAS RÉUSSI À S'HABITUER À NOTRE ÎLE.
POUR LUI, CETTE VIE N'AVAIT RIEN DE PRATIQUE...
IL S'ENNUYAIT BEAUCOUP...
ET N'ARRIVAIT PAS À FAIRE MARCHER SON AFFAIRE.
LORSQU'IL A RÉALISÉ SON ERREUR, IL EST TOUT SIMPLEMENT REPARTI D'OÙ IL VENAIT.
MAIS NOUS... NOUS N'AVONS NULLE PART AILLEURS OÙ ALLER !
C'EST À CHACUN D'ENTRE EUX DE SURMONTER LEUR ANGOISSE ET DE FAIRE L'EFFORT DE S'ADAPTER À LA VIE QUOTIDIENNE SUR NOTRE ÎLE.
ON A BEAU FAIRE TOUS LES EFFORTS POSSIBLES, CE N'EST JAMAIS SUFFISANT...

ENFIN, BREF ! TOUT ÇA POUR DIRE QUE JE N'AVAIS AUCUNE ATTENTE, CONCERNANT TON ARRIVÉE PARMI NOUS.
GLOU
SI, DE TON CÔTÉ, TU ÉPROUVES LE SENTIMENT D'AVOIR ÉTÉ TRAHI, C'EST QUE TOI, TU AVAIS UN PEU D'ESPOIR, EN QUELQUE SORTE...
C'EST TOUJOURS LA MÊME CHOSE...
À CHAQUE FOIS, LES GENS SONT BLESSÉS...
ET FINISSENT PAR PERDRE CONFIANCE ENVERS LES AUTRES.
SI L'ON N'OBTIENT RIEN EN ÉCHANGE DE PAROLES ET DE SENTIMENTS SINCÈRES, ON SE RETROUVE AU DÉSESPOIR...
RYOTA ? POUR LE CLIENT DE TOUT À L'HEURE... JE SUIS DÉSOLÉ.
ÇA PREND DU TEMPS DE SE LAISSER POUSSER LES CHEVEUX, TU SAIS ? ALORS, LORSQU'ON LES COUPE TROP COURTS ACCIDENTELLEMENT, IL EST DIFFICILE DE RÉPARER L'ERREUR.
C'EST POURQUOI IL FAUT S'ENTRAÎNER CHAQUE JOUR, AFIN D'ÊTRE PRÊT ET CONFIANT LORSQU'IL S'AGIT DE COUPER LES CHEVEUX DES GENS.
EH OUI ! APPRENDRE DE SES ERREURS, ÇA DEMANDE DE LA PATIENCE...
MAIS LES CHEVEUX FINISSENT TOUJOURS PAR REPOUSSER.
TU DOIS GARDER CONFIANCE EN TOI ET CONTINUER À T'ENTRAÎNER JUSQU'À CE QU'ILS AIENT RETROUVÉ LEUR LONGUEUR.
ET ALORS, PETIT, QU'EST-CE QU'IL T'ARRIVE ?

TU COMPTES ME FAIRE ATTENDRE ENCORE LONGTEMPS, COMME ÇA ?
ALLEZ, VAS-Y, COUPE-MOI LES CHEVEUX !
COMME TOUS LES GENS DU COIN, J'AI LE CRIN SOLIDE, ÉPAIS ET BOUCLÉ ! SI TU PENSES POUVOIR EN VENIR À BOUT, ESSAIE DONC !

LES TECHNIQUES DE PERMANENTE QUE TU AS APPRISES À LA CAPITALE NE TE SERONT D'AUCUNE UTILITÉ, POUR COIFFER UN NATIF D'OKINAWA TEL QUE MOI !
MA CRINIÈRE, CE N'EST PAS DU CHIQUÉ !
ELLE EST REVÊCHE COMME PAS POSSIBLE !
MERCI DE ME LAISSER TENTER MA CHANCE...
NOUS ALLONS VOIR SI JE MÉRITE MES DIPLÔMES DE COIFFEUR VISAGISTE !
DEPUIS QUE T'ES ARRIVÉ ICI, IL Y A UNE SEMAINE, JE NE T'AI JAMAIS ENTENDU DIRE QUE TU AIMAIS CET ENDROIT...
TU TE CONTENTES DE TE BALADER EN RÉPÉTANT QUE TU ES ICI POUR COUPER LES CHEVEUX DES GENS.
ÇA A DÛ ÊTRE DIFFICILE POUR TON PETIOT...
DE SE RETROUVER EMBARQUÉ PAR SON PÈRE, SANS QU'IL LUI DEMANDE SON AVIS, POUR ATTERRIR SUR CETTE PETITE ÎLE !
MAIS LORSQU'UN ENFANT SE RETROUVE EN DIFFICULTÉ...
SES PARENTS SONT DIX FOIS PLUS EMBÊTÉS POUR LUI !

FINALEMENT, C'EST TOI QUI AS LE PLUS SOUFFERT, DURANT CETTE SEMAINE !

AH ! TE VOILÀ ENFIN, TOI !
GLOUPS
JE VOUS AI DÉJÀ DIT QUE JE NE VOULAIS PAS QU'ON ME COUPE LES CHEVEUX !
C'ÉTAIT COMMENT, L'ÉCOLE ? TU T'ES BIEN AMUSÉ ?
BON RETOUR CHEZ TOI, ISSEI !
PAPA EST OCCUPÉ AVEC UN CLIENT, COMME TU VOIS. ALORS, POURQUOI N'IRAIS-TU PAS TE LAVER LES MAINS...
POUR VENIR ME DONNER UN COUP DE MAIN ?
ACQUIESCE.
CLANG

HAA... QUEL IDIOT ! CE N'EST PAS LE MOMENT DE PLEURER, POURTANT ! JE DEVRAIS PLUTÔT ÊTRE RAVI...

TIENS,
PAPA.
VROUM

RIKU VIENT D'AVOIR UN CLIENT !!
WAOUH !
C'EST GÉNIAL !
ÇA VA LE FAIRE POUR LUI, C'EST SÛR !
IL ASSURE !

COUPE DE CHEVEUX À LA MILITAIRE !
TUUUT TUUUT
ARUTA - COMPAGNIE D'ÉLECTRICITÉ
APRÈS TOUT, MÊME LES ADULTES...
CONTINUENT DE RIRE ET PLEURER.

AU FOND, ÇA NE FAIT AUCUNE DIFFÉRENCE.
ON RÉAGIT TOUJOURS DE LA MÊME FAÇON.
IL A FAIT UNE BULLE AVEC SA SERVIETTE.

んしょ
HO HISSE
んしょ
ころん
ROLL
ISSEI...

Cette vie auprès de toi - Fin du tome 1

Mon quatrième shojo manga vient juste de sortir ! Je n'arrive pas à y croire, on dirait un conte de fée…

Je suis originaire d'une région enneigée, mais cela fait longtemps que je n'y vis plus. Cependant, je continue à la dépeindre dans mes mangas, car j'aime beaucoup représenter la Nature dans mes œuvres. Dans mon recueil de nouvelles, mais aussi dans le manga *Le Dernier été de mon enfance* (qui se déroule à Nagasaki), on peut retrouver le thème de l'été, que j'ai introduit sans vraiment y faire attention, me contentant simplement de voir mes personnages évoluer dans ce décor.

Cette fois-ci, l'histoire se déroule dans une petite île du sud du Japon. Comme je suis né dans le nord, j'ai dû faire pas mal de recherches pour étayer mon récit. J'atterris à Okinawa et je monte sur un bateau pour visiter pas mal de petites îles dans le coin. Je prends beaucoup de photos, déambule dans les rues et voilà ! J'apprends que l'on peut, de l'île principale, rejoindre certaines îles éloignées en empruntant un pont. La vie sur place est, pour moi qui ne suis pas du coin, surtout rythmée par les heures passées en bateau et par les bulletins prévisionnels du trafic maritime délivrés par la radio locale dès 7h du matin, annonçant sur un ton indifférent les pannes de ferry. À ce moment-là, peu importe ton emploi du temps (tu peux bien avoir un RDV très important ailleurs), personne ne quitte l'île. Il n'y a pas beaucoup de tourisme et la plupart des bistrots du port ont fermé, ce qui n'est pas très pratique pour déjeuner. Les insulaires ont vraiment leur propre rythme.

Je fais en sorte de quitter l'hôtel à l'heure pour attraper le premier ferry du matin. Je commence alors à rassembler des informations et accessoirement me balader tout en prenant des photos de chèvres jusqu'au moment d'entendre l'annonce pour le retour. Je rentre donc à l'hôtel que je viens de quitter, demande à pouvoir regagner ma chambre et spécifie clairement que je ne prendrai pas de petit-déjeuner… Oh ! Et puis si, finalement ! Les employés de l'hôtel sont vraiment très patients envers moi et m'aident beaucoup.

Je déjeune dans ma chambre, pique un roupillon, puis marche jusqu'au port. Je n'ai pas besoin de navette, puisque j'ai confié mes affaires à la réception de l'hôtel. Je continue de marcher en prenant des photos lorsque, soudain, une rafale de vent s'abat sur moi, accompagnée d'une pluie torrentielle. Je me mets un temps à l'abri, puis ressors, pour finir par tourner en rond sur

cette petite île qu'on ne peut quitter. Je prends toujours des clichés et j'ai l'impression de commencer à mieux saisir la façon de vivre des habitants du coin, moi qui suis d'Hokkaido. Après tout, c'est aussi une île, non ?

Je tiens à remercier l'ensemble des habitants de cette île, aussi bien les élèves de primaire et de collège, que les professeurs chargés d'accueillir les enfants transférés depuis d'autres écoles. Je remercie également cette grand-mère qui m'a un jour demandé pourquoi je prenais des photos de chats ("Je fais des recherches, madame !"), l'ensemble du personnel de la mairie qui a accepté de bon cœur de se laisser photographier par un soi-disant mangaka débarqué à l'improviste et enfin, les gars du studio d'animation *Kokusai Dori*, qui m'ont rédigé une lettre remplie d'affection. Merci à tous, je reviendrai vous voir, promis.

J'ai écrit cette histoire où il ne se passe pas grand-chose. C'est vrai que j'ai plutôt tendance à maintenir un suspense haletant dans mes œuvres, mais j'espère sincèrement que vous apprécierez tout autant cette ambiance différente. Je souhaite vous voir tous, enroulés dans vos couvertures, en train de lire ce manga juste avant de vous endormir. Cela me rendrait tellement heureux !

Rendez-vous dans le tome 2, pour une nouvelle rencontre remplie de tendresse, entre un père et son fils.

Shin TAKAHASHI (2020, à l'approche du printemps)

Après la classe, Issei rencontre une mystérieuse jeune fille ?!
Il nous montre enfin son beau sourire !
LE TOME 2 DE CETTE VIE AUPRÈS DE TOI PARAÎTRA PROCHAINEMENT

DANS LE PROCHAIN TOME...
C'est le premier jour d'école pour Issei !
Sans savoir à quel point son père s'inquiète pour lui, le jeune garçon fait la connaissance...
de son gentil professeur.
NE T'EN FAIS PAS !
BIENTÔT TOUT LE MONDE CONNAÎTRA TON PRÉNOM.
Et il dévore avec appétit le repas que lui a préparé son papa.
MIAM
あーん。

Cette vie auprès de toi

1

KAMI WO KIRI NI KIMASHITA by Shin Takahashi

First published in Japan in 2020 by HAKUSENSHA, Inc., Tokyo.
French language translation rights arranged with HAKUSENSHA Inc., Tokyo
through TOHAN CORPORATION, Tokyo.

Éditeur : Julien Pierre
Traduction : Josua Lafitte
Lettrage : Tomiko Benezet-Toulze
Conception graphique : Studio Delcourt/Soleil - Solène Pichereau

Dépôt légal : février 2023
ISBN : 978-2-413-04935-7

Imprimé et relié en janvier 2023
par Dupliprint, à Mayenne

Éditions Delcourt
8 rue Léon Jouhaux 75010 Paris

www.editions-delcourt.fr/

MOON LIGHT